鄭華娟 著

氣質卡
小狗學堂

自序

PREFACE

氣質卡小狗學堂

一點都不誇張：在德國，狗不是隨便養來解悶作伴的，狗是養來認識德國法令的。

我自小養過不少狗，總嫌從沒養狗經驗的老德先生，不懂人狗之間那種美好的感情互動。終於，有一隻叫做氣質卡的狗介入了我們的生活，我才發現，以前的養狗經驗，慘到好像要整個歸零；幾乎得從頭再學一次怎麼養狗！慨嘆之餘，反倒是被我嘲笑了半天，從沒養過狗的老德先生，從決定要養狗的第一天開始，就默默按部就班，耐心準備迎接一隻狗的到來。他專注的態度，如同

要接待一位尚未謀面的老友來家裡長住般的謹愼與眞誠。

別以爲只有老德先生以如此態度養狗。多數德國人，都依循著嚴格的動物保護法，保護著自己和別人的寵物。在這種環境下生長的小狗，總是得到很好的照料，更學得優雅的規矩。這一切全新的養狗態度讓我體會到：一個「狗活得像人」的社會，絕對在基礎的道德觀上，不會「讓人活得像狗」。在德國，越是能在這方面守法的人，越是能得到別人的尊敬與認同。要得到這樣的認同可不容易，你非得好好把德國的動物保護法親自經驗一下不可。

所以我認爲，德國的狗飼主不過是學生，小狗才是老師；小狗們帶領著大家，認識超嚴格的各項德國動物保護法。

這本書裡的老師，正是氣質卡。我們要跟著這隻很有氣質的小狗，看德國人到底是如何在日常生活中，落實保護動物的觀念。或許你會很驚訝，養一隻狗居然要顧及那麼多法令！但也就是這些有時嚴格到讓人覺得喘不過氣的法令，才使德國成爲歐洲在環保和保護動物方面的強大先驅。德國養狗人遵守法令的態度，也使德國街頭很難見到流浪狗。

我很感謝氣質卡每天教我的事；希望所有身旁的人和狗，都能找到更美麗、更文明的相處方式。

第❶課

LESSON 1

尋找一隻尚未出生的小狗

故事通常說的是小狗尋找一個主人，但，我們的故事卻是這麼起頭的……

老德先生和我經常有這種無厘頭的對話：

「你養過幾隻狗？」我會突然很認眞的問老德先生。

「你要問幾次？我從沒養過狗呀！」老德先生口氣有點驚訝，難道老婆患了健忘症？

「什麼？你從來沒養過狗？那你的人生很黑白耶……」很喜歡小狗的老婆對著天空說。

「我沒機會養呀。小時候爸爸養過一隻獵犬，但媽媽抱怨都是她在照顧；

當時我們住在比利時，爸爸出差時間多，媽媽一個人在外國打點小孩子們的飲食起居，多一隻小狗就太累啦，所以就決定送走小狗；從那之後我家就沒養過狗。我也覺得養狗是需要嚴謹考慮的事……」老德先生每回一說到小狗，就會拿出這段往事和一貫嚴肅的生活態度來回應。

「哎喲，這段往事你講過很多遍啦！我是說你個人都沒養過小狗呀？」老婆不解的回問。

「當然父母的故事與我的成年生活無關，妳可別誤會了；我只是將往事當成借鏡。我們目前的狀況根本不適合養狗：妳常去旅行或回娘家，我要天天出門上班。如果我們有一隻小狗，這時沒人照顧該怎麼辦？」老德先生問。他早知道我的問題是想引起我們是否該養小狗的議題。

我明白老德先生的考量。對事，他從不情緒化；面對我，他卻總是在理性與感性間掙扎。他回問我的話，其實我也找不到適切的答案。因爲婆婆曾有將無法繼續養的小狗送走的經驗，所以婆婆早就說過，如果我們養小狗，她可不提供臨時看顧服務。

但這世上所有的事差不多都是「原本無一物，何處惹塵埃」。難道爲了怕麻煩，一輩子有很多事就不去嘗試了嗎？如果對一件想做又喜歡做的事可以「時時勤拂拭」，那不就不會堆積塵埃了嗎？省去廢話，簡而言之，照我好笑的思考邏輯，就是「自己的生活自己顧，自己養的狗自己看」嘛！這很合乎常情吧？不需要討論那麼久。如果眞的出外旅行，小狗住狗旅館也未嘗不可，不會常麻煩到別人吧？

老德先生聽了我的好笑推論後，搖搖頭說，「雖說妳養過不少狗，但是可能環境不同，或許在過程上會有些差異性。」

「或許你從未養過狗，所以不了解一隻狗可以給心情帶來多少有趣的改變，而且我認爲是很珍貴的人生體會，況且我也從未在這個環境中養過狗，所以兩權相加，養隻可愛的小狗，不正是我們很棒的新鮮生活體驗嗎？」我興奮的說。

老德先生生聽了我搞笑的「養狗經驗說」後，仔細的沉吟了半餉，接著用很嚴肅的口氣對我說，「好吧，那到時候可不能半途放棄……」

哇！太好啦！這是老德先生答應養狗的意思嗎？放棄？怎麼可能會放棄啦！老德先生可能是沒養過小狗很怯場吧？哈哈！我最喜歡養小狗囉！沒想到希望養一隻小狗的願望終於實現了！更沒想到老德先生那麼輕易的就被我說服了……

然而，當我們眞正踏上尋找一隻陌生小狗的未知旅途時，才發現事情並不像我想像的那樣簡單。

第❷課 聯邦狗地圖

LESSON 2

「你先看看這些資料，給一些意見吧。」幾天之後老德先生給我一疊列印的資料。

我接過一看差點沒昏倒！那是一疊關於德國各聯邦州與狗相關的法令，還有鄰近各大城市流浪動物之家的地址。另外，還附了老德先生覺得我們可以領養的幾隻小狗的資料。我盯著「狗法令」密密麻麻的條文，抱著一疊厚厚的列印資料，臉上開始出現三條線。

「你……在開玩笑吧？」我不相信養一隻小狗要做這麼複雜的功課哩。

「怎麼可以開玩笑！德國的狗法令很多，不先了解一下是很難找到狗狗的。」老德先生這才意識到老婆根本沒弄清楚這些事就想養狗。

「狗不是想養就養嗎？還這麼麻煩喲……」老婆搔搔頭對著這疊資料有點沮喪，「那不懂這些法條就不能養狗嗎？哪有這種事……」雖然碎碎唸，我依然試著讀了一些法規條文，感覺德國的狗法令絕不是花拳繡腿，養狗的人在心理上得要抱著與嚴格紀律眞槍實彈交手的心態。

「我們可以先考慮領養流浪動物之家的小狗。因爲這些小狗已經不是幼犬，比較能快速適應新環境，同時也省了訓練幼犬自主大小便的工作。況且在流浪動物之家待領養的這些小狗都很需要新主人的呵護……」老德先生跟我解釋他列印這些資料的觀點。聽到老德先生這麼說，才發現他很謹愼的在處理養狗的事。而且他的看法很成熟又善良，我舉雙手贊成。於是，我們用週末的時間到每一個流浪動物之家去看有沒有狗狗可以領養？

照著老德先生列印出來的聯邦州狗地圖，我們跑了不少鄰近區域的流浪動物之家。然而待領養的狗雖然不少，但流浪動物之家會先替狗狗嚴格篩選主人，所以並不是你有意願想領養狗就有機會馬上領養得到。

「這隻鬥牛犬是目前唯一可以領養的狗。但我考量您是第一次養狗，或許這隻大型犬並不理想。我們希望是閒暇時間較多，且稍具養狗經驗的人士來領養牠。」流浪動物之家的義工小姐對老德先生解釋。

「這隻西施犬曾受到虐待，牠一緊張就會狂吠，所以這隻狗需要住在郊區有空曠居住環境的主人。」我一聽，便明白我們住的地方沒條件養這種愛吠的狗。唉！又被流浪動物之家打了回票。

再到另一家流浪動物之家試試看吧，卻發現待領養的貓比狗多，不然就是天竺鼠又比貓多。好吧，好吧，我告訴自己嚴謹挑選領養犬隻家庭是好事。我也告訴自己別太快氣餒，不然我想在德國養狗的毅力就要被老德先生看扁啦！沒關係，再試另外一家……整整三個月後，沒耐心的老婆終於嚷著：「哇！眞的沒想到要找一隻狗那麼難！要等自己的資格去『符合』小狗之後才能領養，那要等多久才能領養到小狗呀？」

「有的人等半年，有的人等一年。我在領養狗狗的討論區讀過有等待兩年以上的……」爲領養狗做足功課的老德先生不急不緩的說。

「啥！兩年？我現在已經快沒耐心啦！」很喜歡狗卻沒有耐心的老婆大叫。唉～眞被老德先生言中，在還沒找到適合我們養的小狗前，我就已經準備放棄。你一定不相信在德國要找一隻狗來養那麼難吧？照我的推論，之所以會那麼難找到狗來領養，是因爲德國街頭根本沒半隻街狗，而且德國人只要一看到街上有無主犬，態度比看見棄嬰還緊張！一定會熱心的立即通知最近的流浪動物之家。所以在這種狀況下，街上自然沒街狗，沒有街狗，就很難生出許多無主小幼犬；如果德國有比較多這種無主幼犬，可能要領養的機會就多一點吧？

「每隻出生的狗都要登記，如果不登記又無管理的繁殖犬隻是會被相關單位重罰的。妳沒看我給妳的德國畜犬法令嗎？」老德先生問。

「哎喲，我就是因爲被這些法令嚇到，加上一直沒找到適合的小狗領養，才想放棄養狗的啦！」老婆沒好氣的搖搖手說。我心想：還沒正式養就一堆規定，那養了之後，不是會被更多狗法令管到抓狂啦？

「我料到妳會很快失了興趣，所以我又朝另一個方向來進行。這是另一些資料。」老德先生眞是超級了解我失去耐心的速度，早已找出方法應對。他又給我一疊列印的資料。這次是德國各聯邦州，有登記在畜犬繁殖協會底下的合法私人犬隻繁殖家庭的地址。

哇！又是密密麻麻一堆相關資料！

老德先生覺得應從私人的繁殖家庭先開始找比較好。爲什麼？因爲這些登記有案的私人畜犬家庭，母犬大多都是第一胎生育，受制於法令，母犬不可過度繁殖，因此母犬幼犬都比較健康。我則建議沒養過狗的老德先生養拉不拉多犬，原因無他，因爲我養過拉拉，比較熟拉拉的狗性嘛。（眞是私心重的老婆喲……）

按照老德先生的「聯邦狗地圖」資訊，利用週末看拉拉犬畜犬家庭的資料，再從這些家庭自己架設的網站上分別篩選出三家私人畜犬家庭。先打電話去私人畜犬家庭詢問是否還有幼犬吧。不過，就算是這樣計畫了，卻也不是那麼容易就找到幼犬哩！這般「想養狗卻找不到狗養」的尋犬過程，對我而言，眞是前所未有的經驗！

先說我們用電話詢問的第一家私人畜犬家庭：

「請問還有幼犬嗎？在您的網頁上我們看到您宣布下個月會有六隻幼犬出生。」老德先生問。

「眞對不起，即將出生的幼犬已經全被預訂了。」蓄養家庭的主人回答。

「那眞是太可惜了。母犬不是還沒生小狗？您怎知道會有六隻幼犬？」老德先生客氣的提出疑問。

「我們給母犬照了超音波，確定有六隻小狗且都很健康，我們就將超音波的照片傳給去年就登記預訂幼犬的飼主們看，幾乎是半天的時間幼犬就被預訂光了。」狗主人在電話那頭表示。

「原來如此……請問下一回再有幼犬的時間是？」老德先生問。

「我們不過度繁殖，希望明年的春天吧！您若願意可以先行登記預訂幼犬。」狗主回答。

什麼？明年春天？我掐指算算時間，現在是五月底耶，那不是要等整整一年呀？

「謝謝您的資訊。如果確定要登記預訂幼犬，我們會以郵件通知您。」老德先生說。

商量之後，覺得這樣會等太久，搞不好老德先生過了一年就不想養狗了，我等了一年也可能就忘了這回事……

繼續詢問第二家私人畜犬家庭，結果跟第一家相同。

這家狗主人還告訴我們：「幼犬若是夏天出生的，新飼主就有機會將幼犬放在花園中玩耍，順便訓練牠們大小便。如果是秋冬季節出生的幼犬，就沒辦法在寒冷的天氣將幼犬放出戶外玩耍，一切生活訓練都會比較麻煩。所以，她的經驗是，春夏出生的幼犬都會很快就被新犬主帶回家養……」

聽了這解釋，才明白在這兒養幼犬還有季節性，這可讓亞熱帶出生的我非常驚訝。

「這麼說，我們現在才開始要找幼犬根本是太晚？」我問老德先生。其實，這時我心中暗想，那就不如不要再找小狗養了吧？先前滿心期待養狗的熱情，已經快被德國的畜犬法令澆熄了！

「看看第三家怎麼說再決定。」老德先生完全不氣餒。看起來好像是他提議想養狗，與我無關。唉~照老德先生這種「一步一腳印，有答應就執行」的個性，養起狗來不知會是如何嚴謹哩。

第三家的狗主回覆了好消息：

「我們目前僅剩一隻，本想自己留下來養，但我老婆突然懷孕了，再多養一隻可能會忙不過來。若您有興趣可以來看看這隻四星期大的幼犬。」

哇！開心！眞的有一隻狗可能可以帶回家養？我們興高采烈的開了兩百公里的車程去看狗。

結果……

第三家畜犬家庭的環境眞的很棒！小狗狗們住在美麗大花園裡乾淨又漂亮的狗房中，母犬也被狗主照顧得無微不至。當我看到五隻肥嘟嘟的小拉拉在腳邊跑來跑去時，好想把牠們全都帶回家！眞的超可愛的！

「這是我們第一次登記成爲私人畜犬家庭。小狗生出，要養到法定的八星期後才可以讓飼主帶走……可是那麼可愛，根本完全捨不得呀！」男主人感性

Sarah

的說。

「我突然懷孕，體力和時間上的限制只能把母犬照顧好，多一隻小狗的心理壓力太大……」女主人摸摸自己微微隆起的肚子。

「我很了解你們的心情；那麼是哪一隻幼犬要割愛？」我等不及的問。

「是這隻，」男主人說著抓住一隻又大又肥的幼犬，抱起來交給我，「他是亞拉岡，第一隻出生的小男生，我給牠取了『魔戒』裡人物的名字。」

我接過亞拉岡，軟軟的幼犬毛摸起來眞舒服；亞拉岡又冷又濕的小黑鼻頭蹭著我的臉頰。唉~不能現在就把四星期大的亞拉岡馬上帶走嗎？一定要等到法定時間，也就是幼犬八個星期大時才可以將牠們帶離母犬呀？

「就決定這隻嗎？」我抱著肥肥的亞拉岡回頭問老德先生的意見。

「我想請問您們以前養過狗嗎？」男主人這時問。

「我養過一隻拉拉。」我說。拿出阿福和我的合照。照片中的阿福是一隻當時五歲大，健康強壯的拉拉。阿福拉拉活了超過十三歲。

「既然養過拉拉，自然照顧亞拉岡沒問題，但是就在您們到達之前，有一個本來登記要幼犬的家庭，不知從哪兒聽說亞拉岡要出讓，就趕過來看狗。而且，希望立即可以擁有亞拉岡。」男主人有點小心翼翼的說。

我一聽，馬上回說：「這可不行！什麼事都有先來後到，我們先約好來看狗，照理，我們可以先決定要不要亞拉岡。」

女主人這時很溫柔的回答了我：「這是很難說明白的，但我試著解釋吧。這個想養亞拉岡的家庭有五個孩子，其中有一個孩子是唐氏症，更有一個孩子是自閉症。這對夫妻本就想跟我們預訂一隻狗，但錯過回覆我們的時間，所以先前沒機會分到幼犬。剛才這對夫妻趕過來，說亞拉岡對他們過動且有自閉症的兒子很重要，亞拉岡可以扮演玩伴的角色。於是，我們希望亞拉岡可以去這個家庭，幫助小孩的成長。或許，您們可以了解我們的考量？」

聽了這番解釋，感覺亞拉岡如果可以扮演一個家庭中如此珍貴的角色，且同時可以當小孩們最可愛的心理治療師，我們沒有理由不成全。

唉……無緣呀……可愛的亞拉岡！我知道，你一定可以成為這家人最忠實的家庭成員。加油！亞拉岡！

於是，尋找一隻屬於我們的狗的旅程，只好繼續前進了。

另外，以下是德國人很普通的認知，他們教給孩子：

- 眞正愛一隻狗，是要準備你人生中的至少十年送給這隻小狗。
- 眞正愛一隻狗，不是隨興想養就養，不愛了就找藉口離開牠。
- 眞正愛一隻狗，要想清楚再養，準備好再養，養了牠就要不離不棄。
- 眞正愛一隻狗，要有正確的態度，即使不養狗，也是愛狗人士了。

第❸課 氣質卡降臨人間

LESSON 3

接下來的好幾個星期，我們都沒討論找幼犬的事。

我猜老德先生是否只是要我實際經驗一下，德國養狗前找狗的艱辛過程，好讓我知難而退呀？但是每週一次的地方廣告刊物上刊登的領養幼犬啓示，老德先生卻比我讀得還仔細。這時，我也不好意思跟他說我已經想放棄養狗了，直到一天下午，我接到公公的一通電話。

「你們讀過今天報紙上的尋找寵物欄目了嗎？」公公問我。

我回想早上吃早餐時，老德先生似乎很專心的讀了這些領養寵物小啓示的廣告。

「那麼，他應該看到這則廣告了吧？」公公問。

「哪一則？」我回問。心想，難道是關於小狗？

「不打緊，我打電話問他吧！」公公說。

公公會打電話來問這樣的事可眞奇怪，因爲婆婆最討厭我們講要養狗的事。公公雖然也很想養狗，但爲了不招惹婆婆生氣，總是很有技巧的迴避一切相關話題。但這通電話讓我覺得公公有點神秘兮兮。

「已經問過了，那位女狗主沒有幼犬了。」老德先生說。

原來是公公看到了拉拉幼犬小廣告，想幫忙。等他告訴老德先生時，才知道老德先生已經去電問過了。

「又晚一步？唉～」我嘆氣了……經過這些「打擊」，老婆深深明白在德國要正經八百的找到一隻合法的小狗養，得花不少精神。

「這只是開始，很多事起頭難。」老德先生安慰我。

「我們乖乖等明年春天出生的幼犬吧，我可沒興趣在下大雪的冬天，早上得出門訓練幼犬大小便。」不講理的老婆叫著說。雖說眼下還是酷熱的七月天，想到暗濛濛的大雪清晨，仍舊不禁引來全身一陣冷顫。

老德先生聽了搖搖頭，或許該嘆氣抱怨的應該是他吧？明明是我笑他沒養過狗，才建議養狗一定會帶來美好經驗，怎麼現在帶頭要放棄的卻是我？好吧，老德先生，你大人大度啦，別跟沒毅力的老婆計較呀。

我猜，你讀到這兒，就明白老德先生的個性了吧？我是那種想做什麼都沒啥計畫的人，而老德先生卻是恰恰與我相反；唉～現在我的心情可是騎虎難下，喔，不，是騎「犬」難下囉……

「這個週末，想到鄉間去走走嗎？」老德先生突然話鋒一轉問我。

「好呀！」老婆最喜歡出門玩了，去鄉下走走當然不錯。現在正是歐洲的盛夏，鄉間的風景如畫，我想像畫中的鄉村小餐館有很多好吃的食物……

週末出遊的時間來臨，但老德先生堅持不肯透露要去哪裡玩。是要給我驚喜吧？我猜不透老德先生的心思。管他呢，跟著他走一定有好玩的。

車子在鄉間的高速公路上行駛，沿路的風景越來越心曠神怡。咦？來到快接近法國邊境的空曠山區，車子轉到小山路接著駛進一家廣大的農莊。路旁出現了蹓步的馬匹、歇息的羊群，還有好多可愛的小牛犢，正在草原上跟著母牛吃草。哇！好棒的農莊呀！眞喜歡！

老德先生將車停好。

「我找到我們一直想找的東西。」老德先生神秘的對我說。哎喲！馬上就猜到啦！別裝神秘了！是小拉拉嗎？

「哇～！」我大叫著跑下車，而且邊跑邊說，「幹嘛不早說，在哪？」老婆有點太過興奮。

原來這家農場，就是刊登報紙小廣告要出讓一隻小拉拉的那戶私人畜犬農家。公公一看地址，便知道是眞正在農莊出生的幼犬，這種幼犬通常個性比較活潑又強悍，體能比在普通人家或客廳長大的幼犬更健壯。公公認爲，若能找到在農莊出生的拉拉或許不錯，很適合喜歡大自然的我們。我非常喜歡公公尋找幼犬的思考態度，眞可愛！沒錯，就是要這樣自自然然的尋找適合自己的事物才對！

這時老德先生才據實以告：幾星期前，農莊的母拉拉生出了十隻幼犬，很

Sarah

快就被領養了八隻，目前還剩兩隻，農莊女主人要留下一隻作伴。公公通知老德先生快與農莊連絡，或許，我們還有機會可以拿到僅剩兩隻的其中一隻？

老德先生連絡後，農莊女主人告訴老德先生可以前去選一隻幼犬。

老德先生擔心如果先說了，我會太過興奮而好幾天睡不著，所以決定用「送人禮物得事前保密」的那種方式，向我介紹即將成爲家中一份子的幼犬出場。

六月二十四日出生的幼犬此時剛滿一個月，正是亂跑時還會被自己的腿絆倒的時候。當十隻黃色的幼犬拉拉同時從犬舍跑出來時，喔，天啊，我只好不停大叫：「可～愛～，可～愛～，好可愛……」

「這隻和這隻，兩隻皆是女生。」農莊女主人一手一隻抱起幼犬給我們看。

我們不太計較小狗是公或是母；農莊女主人說老德先生第一次養狗，一隻溫馴可愛的小女生會比較合適。

「一隻顏色比較深，一隻比較淺。」老德先生觀察兩隻幼犬後說。

「通常母犬的顏色很淡，不過這隻卻出奇得深，毛色像她的爸爸和阿公。」女主人邊說，邊放下兩隻小狗，任牠們跑去跟其他狗狗玩。

「顏色深的那隻，跟阿福小時候很像；只是阿福是男生。」我對老德先生說。

「我也覺得顏色深的這隻很漂亮。」老德先生說。

「這兩隻母幼犬，其實都很可愛又健康；如果確定深色這隻，我先把她的犬隻護照給你們看。」農場女主人帶我們走去她的農莊辦公室。

這時農場上的大狗小狗，一看到農莊女主人移動腳步，一堆小狗全跟著她跑進辦公室。一時間農莊辦公室裡，到處是可愛的拉拉跳上爬下！眞是可愛極啦！剛才顏色較深的那隻小母狗，也跟其他小狗玩得樂不可支，她瘋狂的在地毯上滾來滾去。不一會兒，她卻突然跑到我坐的椅子下，一躺，便睡著了。呵呵，看來與我愛睡的程度很像，挺投緣的呀。

「找到了。這是Ziska的寵物護照。上頭記錄了她打過的預防針資料，還有這一本，是她的血統證明書，從她的祖父母、父母的所有相關資料，都詳細記載了。這裡也記錄了她的爸爸媽媽沒有犬隻髖關節發育不全症（HD）。這是Ziska已植入晶片的對應條碼，也在她的寵物護照上貼好了。」農莊女主人細心的說。

在德國的犬隻，一出生便要做歐盟家畜護照的申請。Ziska的第一位飼主，便是這位農莊女主人。老德先生也事先查過，農莊女主人是德國拉不拉多犬繁殖協會的會員。也就是說這些有登記的會員，會受到極嚴格的各種德國動保法法令規範和監督。最重要的是，犬隻不可以過度繁殖、近親繁殖，更不可以讓有任何疾病的狗交配。犬隻的數量也有限制。法令更規定，她要負責帶剛出生的幼犬Ziska做健康檢查，給她驅蟲，打各類傳染病預防針，植入晶片。沒有這本寵物護照的相關紀錄，飼主就無法申請各聯邦城市的狗稅籍牌，無稅籍牌的犬隻是非法犬隻，上街會被警察罰款，沒打過預防針的狗，也不能上狗學校，不能買犬隻保險（華娟註：德國的狗都要購買狗險，接下來會有狗保險的故事告訴你）。總之，沒這本家畜寵物護照，狗在德國便要過非法生活。

「可是，Ziska這名字有點不普及，能改嗎？」我問。得到的答案是：不能。因爲幼犬出生時，要按照母犬血統及生產紀錄來命名。沒名字的幼犬，不能申請寵物護照。所以，這隻小狗的血統排列紀錄，是Z字母開頭，於是，名字也用Z字母開頭。

「這只是寵物護照上的官方文件名字；您可以在血統書上別名的欄目中，塡上她的新別名。」農莊女主人解釋。

「不能早一點帶Ziska回家嗎？」我問。即使，我知道幼犬一定得滿八星期才可以離開母犬，但還是試試看，或許可以今天就帶Ziska回家？

「沒辦法。幼犬最好在生命最初的八到十星期，與媽媽一起度過；這對幼犬比較好。一來，她會有營養的母奶可以喝；再來，幼犬可從媽媽那兒學到好的生活習慣，比如，保持狗窩的清潔，如何與其他幼犬玩耍相處，這些都會給幼犬帶來安全感。我非常支持這道『八週才能將幼犬帶離母犬』的法令；甚至，有時有些飼主希望可以等到幼犬十週大時，才來帶回家，他們相信，這些越晚離開媽媽的幼犬，越聰明穩重。」農莊女主人有條有

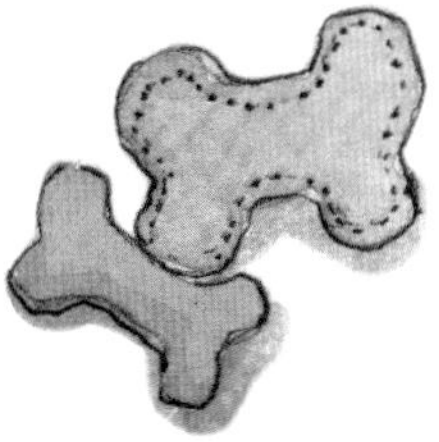

理的與我們解釋。

聽了這般有邏輯的說明，感覺農莊女主人是很棒的飼主！她不僅嚴格的遵守法令，也明白她這麼做，是善待保護這些幼犬最好的方法。我們當然願意配合，再安靜等待四個星期，用耐心支持這項善待動物的法令。

不過，自從我們從農場回到家後，老德先生就不時被老婆追問：「到底什麼時候可以去接Ziska呀？」

第❹課

LESSON 4

五月花修道院大準備

我以爲等待Ziska到來的時間會很漫長，沒想到嚴謹如老德先生者，可以把時間變快。這是怎麼回事？

因爲老德先生完全不能忍受我的散仙個性，所以他得付出更多心力，準備小狗狗即將住進我們家的事。我看他每天很專心的蒐集資料，有點故意唱反調：「小狗狗來了以後，就給牠吃東西呀，牠就會長大啦。不用這麼緊張兮兮。」結果老德先生完全不給我對這話題閒磕牙的機會，立即遞上一大疊列印資料，外加好幾本德國的畜犬專家寫的書。

「這……這些都是你做的功課？」我驚訝的問老德先生。

「這些都是很必要的資訊，等小狗來了再研究就太晚了。」他還把資料做了標記，畫了重點給老婆讀。這讓我完全沒機會推託或發懶，哇，老德先生你未免太認真了吧？

他接著說：「第一種資料，是各品牌幼犬生長飼料的成分比較和飼主的討論意見；第二種資料，是幼犬的照護注意事項外加狗鍊的選擇和比較；第三種資料，是訓練幼犬生活習慣的方法；第四種資料，是狗籠的材質與價格比較。狗籠可以給幼犬安全感，所以要事前了解一下。書的部分，就是專家經驗談。」

我邊聽邊眼睛發直，大叫：「喂！這簡直像是學校的畢業考嘛！」

我開始相信德國人養狗的態度超嚴肅，哇！難道我也得這樣養狗嗎？開始有點小擔心，我的養狗經驗，可能應付得了狗，卻沒辦法應付認真養狗的德國人。

讀過老德先生畫的資料重點後，我們要開始分工上網，查狗飼料、狗鏈、狗籠、狗玩具、狗零食和狗睡墊的價格。另外，再交互評比是網購好，還是到店面去買。結果，不查不知道，查了才發現狗的用具和飼料比嬰兒用的還要琳琅滿目，花樣繁多！我像是劉姥姥進「狗」觀園，一陣陣眼花撩亂……老德先生的做法是不會馬上就網購，他還是會先到店鋪去實際看一下材質再做決定。有不少東西，老德先生認爲網購不保險，還是在店鋪當場買比較好。

晚上老德先生回到家，會跟我討論如何排出幼犬的遛狗時間表，外加如何訓練小狗能事半功倍。他對各種餵養狗的方法也很感興趣，例如：狗眞的吃生肉比較好嗎？狗眞的不能吃骨頭嗎？是完全吃乾飼料好，還是要搭配罐頭飼料？狗的骨骼發育有多快速呢？太高蛋白的幼犬飼料，對狗好嗎？老德先生會把這些心中的疑問和我討論，之後再去找到適合的答案。

我有點被老德先生認眞的程度嚇到，這可能就是多數德國人的性格吧！一旦正正經經的想養狗，做很多繁複的事前準備，都視爲是理所當然。在德國，如果有人要養狗，卻沒有做這些事前的準備功課，這樣的飼主可能會給人不太正經的感覺。

「Ziska這個名字很不普遍，如果要翻成中文，不知要怎麼翻？」我問老德先生。

「爲什麼要翻成中文?」老德先生回問。

「因爲要給Ziska一個中文名字呀!而且要很有深度,很美……」我有點夢幻的說。

「我覺得諧音不錯;找找看有沒有跟Ziska很合的中文字。」老德先生很機靈的回答。他知道,這時一定要給我回應,不然老婆會跟他一直討論到地老天荒,哇!煩透!

諧音?……我把所有腦袋中所有可以排列出的字,和Ziska這名字比對,發現只有「氣zi」「思s」「卡ka」三個中文字最相似,但三個字合起來,卻沒什麼美感……嗯,既然Ziska是小女生,就要發揮她天生的特質,咦!那不就像每個小孩都有單純的氣質一樣嗎?我們也該努力讓Ziska保持她狗狗天生的氣質,做一隻眞正快樂的狗,而不是擬人化的狗。所以,「Zis」的發音,就很像「氣質」這兩個字,「ka」就是中文的「卡」,連起來就是「氣質卡」!哈哈哈!Ziska的中文名字就是:

氣質卡！

「什麼『卡』？」正在因爲媳婦養了小狗而擔心的婆婆問。她擔心以前家人養狗，都是她在照顧的可怕往事，即將捲土重來。

「這個中文名字很難翻譯啦！」媳婦搖搖手說。我看婆婆對以前養狗的壞經驗很在意，就故意說：「妳有空，再到我家看氣質卡吧，妳可能不會常見到她喔！」

聰明的婆婆當然一聽，便知話中有話，笑著問：「你們何時會去接小狗呢？」

本以爲這幾個星期會過得很漫長，但忙著準備迎接氣質卡的繁雜諸事後，時間也飛逝了。

當我們再度來到農場時，本來很熱鬧、有著十幾隻幼犬的大豢養區裡，只剩下拉拉媽和兩隻小幼犬在睡回籠覺。我從柵欄外幫狗屋照相，兩隻幼犬睡得好熟。

「Ziska還在睡覺，我來叫她。」和氣的農莊女主人說。

接著，就看到兩隻幼犬很活潑的跑出來跟我們玩。即使一陣子沒見到氣質卡，我們還是很快就認出她來。她的毛色依然很深，頭頂有著隱約的小小花斑點。農莊女主人告訴我們，這些斑點會在氣質卡長大後慢慢淡掉，她說小花斑點會像排隊似的變成一條從鼻子到頭頂的細線。

「這是小狗離開這兒之後，第一週的幼犬飼料，請先給她吃這個，再慢慢換成你們購買的飼料，這樣幼犬不會因爲不習慣而腹瀉。」農莊女主人邊說邊拿出一大包狗飼料給我們。接著，她給我們一個大提袋，裡面是狗飼料廠商贈送的各式小狗玩具。玩具以幼犬成長階段的不同，分別裝在不同的包裝盒中，還附上說明書，眞是超細心。

另外，還有第三個大袋子，裡頭是狗食碗和狗水碗，還有一條新狗鏈。我不禁心中暗呼：「這也照顧得太仔細了吧！」另外，農莊女主人還給了我們幼犬的法定驅蟲藥，我們回家後得負責餵給九週大的氣質卡吃。

「因爲你們是養狗新手，先有了這些基本配備，第一週的生活不會太手忙腳亂；幼犬學會控制大小便之前，會是主人很難挨的階段，有不少沒養狗經驗的人，帶著莫大的熱情領了幼犬回家，但不到幾星期，就被幼犬搞到快崩潰，想把幼犬送回來。希望你們會有耐心，和Ziska一起成長。」農莊女主人鼓勵我們。

離開農場前，我抱著肥嘟嘟的小氣質卡一一去跟其他的大拉拉們、農場的馬兒們、羊群們、小雞朋友們，還有和氣質卡的媽媽和姊妹道別。而看起來傻傻的小小氣質卡根本不知道自己即將離開農場，直想從我懷中跳下去跟動物朋友們玩耍。

回程車上，氣質卡因爲暈車總共吐了兩次！她一直趴在我腿上打嗝外加昏睡，眞擔心小小的氣質卡會不會對陌生的環境很害怕？

第5課 夜半好笑虐犬事件

LESSON 5

我們不知道是否該和氣質卡一起度過第一個夜晚？幼犬離開媽媽的第一天一定很害怕吧？

幸好氣質卡暈車之後醒來就很高興的在家裡跑來跑去，聞東聞西。這時我們慢慢發現八個星期大的幼犬除了可愛之外，也會馬上讓你的生活變得完全不一樣！幼犬肚子總是很快就餓了，一天得餵食三到四次；幼犬腦部還未完全發育成熟，以至於不能控制大小便的次數與時間，我們得隨時跟著她清潔無處不留的屎尿；雖然這是個很需要耐心的工作，但一看見氣質卡純眞的表情，就又覺得這些清潔工作讓人甘之如飴。氣質卡常常像一陣風似的玩耍不停，也一陣風似的在玩耍途中突然率性倒頭呼呼大睡。眞是好可愛喔！

「我看她挺喜歡我們家，今晚就讓她自己睡在狗籃裡吧？」我建議。

我們給氣質卡準備了一個犬用的狗籃，裡頭鋪著又大又厚的純棉睡墊。狗籃放在臥房旁的走廊上，現在的天氣還可開著走廊上的窗戶睡覺。氣質卡是農場上出生的狗，牠應該會喜歡睡覺時有新鮮的空氣吹拂吧……

「行嗎？」老德先生質疑，「聽說最好別讓幼犬獨睡，牠們一害怕大聲嚎叫就慘了……」老德先生搖搖頭。

「今晚先試試看讓她獨睡，或許沒事，如果她害怕了也沒問題，我們就在旁邊的房間，馬上可以起床安撫她。」我天眞的說。

氣質卡平生第一次舟車勞頓，加上玩了一整天，沒半晌便在我們給她準備的小狗專用籃子床上呼呼大睡。累了一天的我們也樂得關燈就寢。

我在睡夢中隱約聽見氣質卡「哼……哼……該……該……」的叫聲，但我好睏，撐不住眼皮就又睡著了。不料，我們被急促的門鈴聲吵醒，這時，才發現事情不妙！原來，小小的氣質卡睡到一半醒了，找不到媽媽，四周漆黑一片，著急的跑到走廊外的小陽台上唱起了「氣質卡夜半想媽」之歌……她對著鄰居的窗戶，一股腦「該～該～該～」的越唱越大聲，這種狗「該」聲對噪音很敏感的德國鄰居可是超嚴重的事，於是，不知是誰毫不客氣的立刻報了案。門鈴急又響，老德先生穿著睡衣跑去開門，我則睡眼惺忪的跑到陽台去找在狗籃中不見蹤影的氣質卡。

「氣質卡！妳怎麼在這兒？」我對著蹲在陽台角落，滿臉委屈的氣質卡說。

氣質卡一看到我，開心的搖著小尾巴朝我跑過來，跳到我懷裡，她見到我似乎好高興。

「如此對待幼犬，太過粗心了，」警察先生說，「鄰居報案說有小狗哭嚎的聲音，有人猜或許是虐犬事件，所以我們趕緊過來看看。」

老德先生和我穿著睡衣，滿臉很窘的乖乖聽警察先生的訓。

「這麼可愛，只有八週，一定要跟她一起睡……」另一位警察先生開始跟高興得不停跳來翻去的氣質卡玩。

12
9
3
6

「本來是應該這樣做的，我想您是對的。」很尊重公權力的老德先生客氣的回答。

我感覺老德先生此時有偷偷瞪我一眼。這時，我也不能抱怨被瞪，因爲是我說讓氣質卡今晚掛單沒關係的呀……

「我的狗也是八週大時帶回家。我整整陪幼犬睡了八星期客廳，累到値勤時腰都直不起來……」兩個警察看氣質卡太可愛，完全忍不住跟氣質卡玩得很開心，還外加奉送我們一卡車他們自己的養狗經。

穿著睡衣的老德先生和我對看一眼，發現牆上的掛鐘指著凌晨三點三十分。喜歡小狗的警察先生已經講了好幾十分鐘的個人養狗經驗故事……我偷偷打了個呵欠……

「謝謝您們這些鼓勵，我們會做得更好。」老德先生說。

身材高大荷槍的警察先生們很滿意的離開了，還一直回頭向跟在他們後面跑的氣質卡說要好好的長大喲！看到這幕景象，才明白啥是「鐵漢柔情」啦！哈哈！

說實在，這種夜半好笑虐狗事件，沒有我是不可能發生的。眞是對不起呀，可愛的氣質卡！

我們把氣質卡的狗狗床抬進了客房，我負責照著警察先生的建議陪著氣質卡睡覺。還好，有人陪的氣質卡和我，都一覺到天明。

第❻課

亂中有序作息表

LESSON 6

氣質卡終於在一個星期後，完全適應了離開媽媽和兄弟姊妹的生活。但她還沒學會要到戶外才能「方便」的技巧。這對我們可是愛心加耐心的一大考驗！老德先生當然又認眞的蒐集了不少訓練幼犬上廁所的方法，但氣質卡總是記不得她該怎麼做。

氣質卡醒得很早（有時凌晨四點就開始哇哇叫要吃早飯），她更在我們起床之前，已經在家中四處「尿」了一遍，而且在不同的地方撒了許多「黃金」！這也不能怪氣質卡，因爲幼犬的腦部發育還未成熟，不能控制大小便，所以我們還是得隨時清理隨處都有可能出現的「氣質屎尿」。老德先生和我分工合作，訓練氣質卡到固定的地方大小便（氣質卡似乎不太聽訓，還是到處亂「拉」）；另外，要固定時間出門遛氣質卡，讓她習慣住家四周的環境。氣質卡一天需要出門五到六次，才能滿足她隨時隨「拉」的次數。

即便如此，幾天之後，我卻驚訝發現氣質卡的生活作息其實「亂中有序」，非常固定！因爲太固定了，我居然可以寫出一張氣質卡的每日作息表：

5：00～6：00
起床吃飯

6：00～8：00
出去散步，回家跑來跑去玩耍（順便咬壞拖鞋或咬掉正盛開的玫瑰花）

8：00～10：00
睡覺

10：00～12：00
起床吃飯，出門散步，回家繼續破壞你想不到會被破壞的東西

12：00～14：30
睡覺

14：30～17：00
出門散步，回家玩耍（一直在廚房裡轉來轉去找東西吃）

17：00～18：00
吃飯

18：00～21：00
睡覺

21：00～22：00
突然跑來跑去隨處便溺（在一秒鐘之內可以倒頭呼呼大睡）

22：00～5：00
（隔日凌晨）睡覺

我寫出這張氣質作息表後，得到老德先生的稱讚！他很驚訝我可以那麼有秩序的觀察到細微的幼犬生活。可是老德先生也知道，隨時待命清理幼犬的隨處便溺，是很累人的事喲！不寫張表出來參考，可能會神經緊繃吧？況且，我一定得利用氣質卡睡覺的時間去買菜，不然，氣質卡醒來找不到人會開始「該～該～該～」的哭，萬一又有鄰居去報警，我可不願「好笑虐犬事件」重演。

除了拉撒睡之外，老德先生也超注意氣質卡的飲食。他不太滿意老婆餵氣質卡的態度，我總是用「差不多」的飼料量餵她。

「妳應該要用量杯量飼料。」老德先生終於忍不住向老婆提出了嚴重抗議。

「咦？要算那麼精確喔？」老婆聳聳肩回問。

「氣質卡現在吃的是幼犬飼料，蛋白質含量很高，如果不照成長量表吃飯，會吃進太多的蛋白質，讓她身體發育太快，將來很容易會有髖關節骨骼方面的毛病。」老德先生說。

我才想到，這資料在農莊女主人給我們的《幼犬養育手冊》上讀過。幼犬確實不能吃太多，如果小狗的肌肉太過發達，會把沒長成的骨骼壓壞哩。

老德先生決定要改善老婆亂餵氣質卡狗糧的問題。他想出了一個很棒的方法：把氣質卡每日要吃的食物分裝好。一袋袋狗食都是精確用秤秤好（老德先生精確計算了兩種不同幼犬狗食及成犬狗食的劑量，再把它們混合給氣質卡吃），放進塑膠袋，我只需要將袋子打開，倒進狗碗就好。用完的狗糧塑膠袋不要丟掉，可以拿來裝氣質卡的排泄物。

哈哈哈！老德先生，我被你打敗啦！本來還滿小看你沒養過狗，沒想到我們一開始養氣質卡，你的認真態度，遠遠超過我這個養過不少狗的人呀！

老德先生除了把氣質卡的吃喝拉撒睡照顧得很周到之外，還開始申請氣質卡的狗狗稅籍牌作業。這個步驟是要把氣質卡的狗狗歐盟家畜身分證、預防針注射紀錄、飼主住址和相關資料都備齊後，向地方政府專門管理狗狗稅籍的公家單位申請狗稅籍牌。收到資料的單位會在審核之後，認定你養的是一般犬種，而非法定有危險性的犬種後（舉凡是有危險性的犬種，必須繳交貴約百分之三十的狗稅，且按照你養的數量，每多一隻，加倍繳交），回寄給飼主狗狗的稅籍繳交收據，還有狗狗的稅籍號碼牌。（華娟註：德國每個聯邦州有不同的收費標準，按照飼主居住的城市，一年大約要繳一百二十到一百八十歐元不等的狗稅。）

氣質卡從此出門，就必須隨時掛著這個狗稅籍牌，不然只要被警察或秩序局的執法者抓到就得罰款。如果你想偷偷的養狗，不去領狗牌，一經告發，就得繳交罰款一萬歐元，外加追繳狗狗過往尚未繳交的狗狗稅。

「妳千萬別忘了給氣質卡戴上狗牌才出門！」老德先生很擔心短路的我會忘了氣質卡的狗牌。每天都會提醒至少兩次。

我看看氣質卡的狗稅籍牌，紅色圓形的小牌子上，有鋼印打的號碼。所有關於氣質卡的資料，皆在這個號碼的紀錄中。到目前爲止，才不過三個月大的小小氣質卡，已經有：

一本歐盟犬隻身分證、身上植入的晶片和市政府發的狗稅籍牌。

可是老德先生認爲這樣還不夠完善。他又上網替氣質卡登記，成爲「網路尋犬」網站的會員，如果氣質卡走失了，只消將氣質卡的資料在此網站公布，網路就可以來個全國大尋犬。

老德先生眞是設想太周全囉！果眞沒幾天，網路尋犬單位也寄來氣質卡的登記牌，小小圓形的鐵牌子，可以跟狗稅籍牌一起給氣質卡戴上項圈。

接下來，老德先生就準備替氣質卡買保險。德國人很愛替小狗買「第三責任險」。小狗有了這種狗保險，如果一旦小狗出門咬傷了人，咬傷了其他的狗，或是上街造成交通意外，都可以由這樣的「第三責任險」來負責賠償的部分。基本的法定狗險賠償金額不得低於一百萬歐元。德國各家保險公司也推出不同的狗狗「第三責任險」。保費有高有低，每年可以繳到數百歐元的狗保險費。老德先生幫氣質卡保了五百萬歐元的「第三責任險」。我聽到這保險金額時，差點暈過去！老德先生則說，還有狗主保一千萬歐元的狗險，氣質卡的五百萬歐元保險算是很平常的……

我掐指算算，氣質卡來到人間沒多久，就已經開始繳交：

狂犬病三合一預防接種費、驅蟲費、預防狗蝨藥物費、德國狗稅，以及

「第三責任險」等款項。

我現在越來越能體會，爲什麼不少德國人要養狗之前，一定會考慮得很清楚。這些費用加總起來，德國的每隻合法小狗，眞的都是「貴」氣逼人呀！

第7課 氣質卡上學去

LESSON 7

氣質卡肥嘟嘟的可愛幼犬身材，讓她一上街就會引來尖叫。

不過，不管陌生人再怎麼喜歡小小的氣質卡，他們在和氣質卡玩耍之前一定會先問我：

「請問您，我可以和牠玩嗎？」

或「我可以摸您的狗嗎？」

或「我可以給您的狗一點狗餅乾嗎？」（會這麼問的陌生人，多數都是家中有養狗，所以會隨身帶著取悅小狗的狗餅乾。）

德國人也教導自己的孩子，想和陌生人的狗玩之前，問上述這些禮貌性的問題。我覺得這樣的禮儀，是一種好的生活行爲，因爲，它可以同時保護狗，也保護小孩。

如果遇見同樣有狗的狗主，對話大致如下：

「牠叫什麼名字？」

「氣質卡幾個月大？」

「氣質卡會到哪間狗學校去上學呢？」

「我推薦XX狗學校。因爲此間狗學校……」

「我不推薦這家狗學校，因爲……」

幾乎每位陌生的狗主，都可以和你侃侃而談這些狗經。德國多數的小狗都會去上狗學校的「幼犬課程」。這種幼犬課程就是教小狗如何與其他狗相處，如何不易受驚嚇，克服害羞，與自己的狗主人互動和學會良好的禮貌。

上完幼犬課程的小狗，可參加青少年狗的課程，之後，就可以考德國的「狗狗執照」，有了這種執照，就表示這隻狗是一隻非常有「禮貌」的狗，不用狗繩也可以在戶外走動，不受到必須用狗繩牽狗的法令限制。

老德先生認爲氣質卡一定要去上狗學校，我們也要一起去上狗學校。因爲狗學校的課程，不只教小狗如何當一隻有氣質的小狗，更是要教狗主如何成爲一個合格的好主人。德國的狗學校有入學資格，狗主要提供：小狗的犬隻護照影本和第三責任險保單影本。

有了這兩樣文件，狗學校就知道小狗的來源（來自繁殖家庭或是流浪動物之家，不是非法入境的犬隻）；小狗的保險證明可以保證小狗在上學時受傷或是咬傷其他狗同學時，得到合理的賠償。

四個月大的氣質卡上第一堂課時，簡直就是一部搞笑片！

別的小狗走東，氣質卡偏偏走西。老師在學習場另一頭放開狗繩後，別的小狗同學都奔向等在對面的狗主人，只有氣質卡在中途停下來打滾玩耍，讓等在另一頭的老德先生無奈到抓狂！我則在學習場邊笑得上氣不接下氣。

「氣質卡完全沒希望了吧？」我問很有耐心的狗學校老師。

「氣質卡是幼犬，才四個月大，其他的狗學生都已經快五個月大，也上過很多堂課了，您不用擔心！」金髮美女老師對我說。

聽老師這麼說我就放心了，不然氣質卡每次上課都這麼搞笑，應該不會被退學吧？

可是，上了幾堂課之後，我們發現自己才是得留校察看的狗主啦！原來跟狗狗相處並不容易，雖然狗狗都很能適應狗主的養成習慣，但是如果狗主人能更明白狗狗心中的意思，人狗的相處就更和諧啦！

狗主人在狗學校會學到：狗狗是喜歡聽口令的動物，有規矩的服從，會讓牠們感到很自豪。換句話說，狗是很有榮譽心的喔。正因如此，狗主人不要用兇狠的方法來訓練狗狗，牠們或許外表會盡力服從，但內心卻很受傷。所以狗學校的老師會教狗主人很棒的方法，讓狗狗很快樂的學會很多口令和動作。我想，這種觀念，眞的是對待狗狗的好態度，因爲狗狗和主人都很快樂的一起學習，才是我們想要練習的養狗哲學吧！

狗學校的課程還包括讓狗狗習慣突發的聲響，不至於在這種狀況下有過度受驚嚇的反應；也給小狗學生看裝著奇怪形狀物品的袋子，踩踏會突然搖動的木板，通過黑暗的帳篷隧道，這些都是要訓練小狗的應變能力，加強牠們的膽

Sarah

量，進而成爲性格穩定的小狗。

課堂上還教有小孩的家庭如何正確對待小狗，也教小狗如何友善的對待小孩。

每堂課都有開放時間給所有的小狗同學們一起「亂跑」。這是很重要的課喔，可以讓小狗們學習如何一起玩耍，不會亂打架。老師會派一隻受過訓練的大狗混在課堂中加入亂跑，這隻受過訓練的狗要負責教小狗們如何不起爭執。如果有小狗互咬，這隻狗就會跑過去扮起老師的角色，將小狗用嘴推開；或是將脾氣壞的狗狗用追逐的方式趕開。這讓狗同學們都很快學會了一起玩亂跑的藝術，氣質卡每次都亂跑得不亦樂乎！狗狗們學會了良性的亂跑，將來遇見了學校之外的狗狗，也就能一起玩得很開心。

德國的幼犬上完狗學校的初級班之後，六個月大時可以繼續上更正式的狗學校訓練課程。上課的最終目的，就是要讓小狗在一歲前，參加嚴格的考試，通過後取得犬隻執照。有了執照的小狗，可以免用狗繩在市區行走，和主人一起搭車。沒有執照的狗若是不用狗繩，被警察看到，狗主將被罰十五到三十五歐元的罰款。不少德國狗主，以教導出領有執照的狗爲榮，狗學校裡的狗學生和狗主人都會很認眞的上課加練習。

上了狗學校後，我才發現德國人竟然已經將養狗這回事發展到那麼的全面和專業！後來變成我每次都很期待與氣質卡一起去上學，因爲我們也可以學到很多很多新知識，也讓自己更了解該如何與氣質卡快樂相處。

哈哈！眞感謝氣質卡！讓我們有機會學會更多跟狗狗有效相處的好方法。

因爲愛護動物觀念的盛行，德國父母與小孩也一起學習如何與狗狗互動，德國人教給孩子：

- 想摸別人的小狗時，先徵得狗主的同意。
- 想和別人的狗玩耍時，先問狗主小狗是否有攻擊性？
- 在給別人的狗零食前，先詢問狗主人的意願。
- 害怕被狗攻擊時，先做好自我保護的措施，並禮貌的請狗主將狗用狗繩牽好。

・看到街上有無主犬時，要盡快通知最近的流浪動物之家。

・發現有人虐犬時，要趕緊通知警察。

以上這些小孩們學會的事，保護了小孩也同時保護了小狗，這是我覺得很美的生活禮儀。

第8課

善念搜救犬

LESSON 8

氣質卡狗學校有位狗同學，雖然只有四個月大，但牠已長得高頭大馬，比氣質卡足足大上兩號！

這隻「大」小狗的主人、老婆外加兩個小孩，每回上課必全家出動。爸爸很認眞的在學課堂上教的課程，媽媽則帶著小朋友在場外目不轉睛的一起上課。他們這一家，可說是氣質卡學校裡的「模範狗學校家庭」。

「哇，您說牠才四個月大？」我驚呼。

「牠是一隻澳洲牧羊犬。」蓄著大鬍子的主人說。

「牠還會長更大嗎？」我問。四個月大的小狗一轉身，就可以把氣質卡撞個四腳朝天。

「牠會長得更大，我老公一直夢想要養一隻這樣的狗。」大鬍子狗主的老婆說。

「應該是您以前就養過這種狗？」我的好奇心又犯，繼續挖人回憶。

「可以這麼說，我是想救人。」大鬍子狗主沉吟了會兒，「在我很小的時候，我家附近發生了山難，就有這麼一隻狗救了很多人，這非常讓我感動。當時我就告訴自己，長大後要養一隻同樣的狗，更要把牠訓練成一隻救難犬。」大鬍子狗主說出了他的幼時願望。

「從我們結婚開始，他就蒐集這方面的資料。他可是做足了功課喲！我也很支持。我覺得這是一個很棒的善念！」狗主老婆溫柔的附和。

「您知道救難犬分成幾種嗎？」大鬍子狗主突然問我。

我搖搖頭。我倒很想聽聽大鬍子狗主告訴我這方面的知識。

「救難犬分成：瓦礫堆救難犬，牠們專在意外現場執行搜尋救難的工作；平地救難犬，牠們尋找可能的生還目標，再引導救難人員前往；山難救難犬，牠們要做登山訓練，耐熱，耐寒，甚至可以在雪山上做救援工作；水上救難犬，牠們會游到快要滅頂的人身旁救援；水域搜救犬，牠們可以聞到水平面以下的味道，還會長時間潛水；尋屍犬，牠們會在意外爆炸現場，搜尋屍體；尋蹤犬，牠們要幫助警察追蹤嫌犯的蹤跡。」大鬍子狗主跟我解釋。

哇，我心想，狗狗們可以做這麼多的搜救工作，真是太帥了！我的眼睛露出了超羨慕的表情。

「那您要將您家的狗訓練成哪種救難犬呢？」我問。

「平地救難犬呀！我們一直是朝這個方向努力，不過……今天早上，我們去做了救難犬訓前測試，沒有通過。」大鬍子狗主的老婆邊說，邊露出了失望的表情。

「您家的小狗，才四個月大，就要接受考試？」我很驚訝。

「是呀，要先看看牠的性格符不符合救難犬溫馴服從的資格。今天先考的是：和洋娃娃的相處。」大鬍子狗主很嚴肅的說。

這時，看他嚴肅的表情，又加上「洋娃娃」這幾個字，很想笑，但又覺得很不禮貌，只好趕緊問：「結果呢？」

「牠把洋娃娃給撕爛了……」大鬍子狗主的小女兒說。

「這對牠成爲救難犬有很大影響……？」我小心的問，覺得他們全家人很在乎這個結果。

「救難犬正式開始訓練是在狗六個月大時，所以，我們還有兩個月時間，把牠的激烈行爲矯正過來。」大鬍子狗主的聲音又恢復了自信。

「我想應該沒問題啦，您看牠跟氣質卡玩得多不亦樂乎……」話還沒說完，就看見「大」小狗一個跳躍轉身，把正在狂奔的氣質卡撞飛到空中！氣質卡不服輸，一落地、一個轉身站起來，繼續往「大」小狗的腿間衝過去……

「您們別太在意今天的救難犬測試結果。」這時狗學校的老師走過來說。

「可是，很失望。」大鬍子狗主說。

「牠才四個月，看到娃娃一定會想玩，牠是否有攻擊性？所言甚早。」老師笑著說。

「希望如此呀！」大鬍子狗主開心的笑著說。

我心裡很感謝世上有像大鬍子狗主這樣的人，他們不忘兒時對自己的誓言，長大後更努力去實踐這個救人的善念，還讓全家人一起參與這個行動規畫，完全把這個兒時夢，當成重大的諾言在實現著。在德國，訓練一隻業餘的搜救犬，主人需要花很多時間和金錢，而且人和狗都要通過不少嚴格的訓練和考試，一定要求達到專業水準不可。拿到救難犬合格執照的主人和狗，都有著一份深深的驕傲。

順便也和你分享一件我從大鬍子狗主那兒知道的事：德國的救難犬，沒有要求狗種或拒絕米克斯，只要是健康的狗，都可以接受訓練。可見每一隻狗，都應該讓我們疼惜。

每一個善念的萌芽，都是世界繼續美麗轉動的能量。讓我們一起好好努力。

第❾課

LESSON 9

氣質卡學吃飯

「我們家養的狗，從沒吃過狗飼料！」婆婆說。

本來很不喜歡養狗的婆婆，現在成了氣質卡的大粉絲。只要有空就會來我家跟氣質卡玩。這天，婆婆又想念小氣質卡，所以就來我家看小狗。

「我以為妳不喜歡小狗呀！」媳婦看到正在跟氣質卡玩的婆婆，就藉機揶揄一下。

「唉呀！氣質卡這麼可愛，不會不喜歡呀！」婆婆笑著說。

「妳說妳家的獵犬都不吃飼料？」媳婦對這話題很有興趣。

「我爸爸以前養的獵犬，完全沒吃過狗飼料，眞不明白現在的狗怎麼都要靠狗飼料才行？獵犬的工作量很大，但總是精神很好；我們從沒擔心過牠們會餓著或過胖。」一派自然的婆婆完全不明白老德先生精確的「狗飼料文化」。其實乾的狗飼料，是英國人發明的。據說當初不過就是有人想烘焙很硬的餅乾給狗狗吃而已，但發展至今，已經變成狗的主食。我還是很鼓勵大家有空就給小狗多吃些自然食物，讓狗狗可以多吸收天然食材的營養，這或許是狗飼料無法取代的喔！

「狗當然吃自然的食物最好呀，只是乾的狗飼料比較不麻煩，又不太會發臭，旅行時可以隨時拿出來餵食，圖方便嘛！」媳婦回答。其實，我已經打算要常給氣質卡吃新鮮食物，就像婆婆說的，她爸爸的獵犬都只吃家人的殘羹剩飯，也照樣很健康，而且活到超狗齡。這點我是很贊同婆婆的說法，狗跟人一樣，少吃多動就可以保持身材。吃自然的食物對狗狗的健康也很優，狗狗本來就是腸胃方

面適應力很強的動物，我可不願把氣質卡這方面的自然天賦給剝奪了。

「妳會給氣質卡吃一般的飯菜嗎？」婆婆問。

「當然會呀！這是我很希望氣質卡能保持的好習慣，她要很喜歡吃自然的食物才行！」我說。

婆婆聽了很高興，只要一看到氣質卡就會給氣質卡吃煮熟的蔬菜，氣質卡最喜歡吃煮過的洋芋、紅蘿蔔，我們都很高興氣質卡不是只會吃狗餅乾和乾飼料的小狗。

氣質卡第一次吃到白飯時，眞的是弄得一團糟！因爲她感覺很奇怪，這種食物要比狗飼料小顆很多，而且一舔快，就會四處亂飛！氣質卡吃飯吃到滿頭滿臉，外加滿地都是飯粒！哈哈哈！我又繼續不時給氣質卡白飯吃，她居然變得很淑女，吃得慢一點，很有氣質喔！現在如果餵氣質卡吃白飯，她可以吃到飯碗內、外一粒米都不剩，狗臉上也不會沾飯粒。氣質卡是一隻超不挑食的小狗，每次吃東西時也是帶著很快樂的表情……眞擔心氣質卡會因此變成氣質肥呀！小狗的體重還是得控制一下，不然體重超過標準的話，會讓小狗的後腿因爲支撐得太吃力而受傷喔。

「你還記得狗狗學校的那隻黑色拉不拉多嗎？」我問老德先生。

「記得呀！氣質卡的同學中有一隻黑的拉拉，還有另一隻巧克力色的。」老德先生說。

「我今天在街上遇見了那隻黑拉拉的主人，他們告訴我那隻小狗後腿開了刀，現在得休息三個月，暫時不能走太多路。」我說。

「那隻黑拉拉不是跟氣質卡同年紀，還是隻幼犬嗎？爲什麼腿要開刀？」老德先生驚訝的問。

「那隻黑拉拉吃太多又發育得太快，加上太胖，後腿就一直站不起來，才發現牠有髖關節發育不全的毛病。」我回答。我和黑拉拉的主人在街上聊了大半天，她把她家小狗的病情描述得很詳細，讓我長了不少這方面的知識。

「其實，氣質卡也要小心，髖關節發育不全除了遺傳因素，後天影響也很大；體重一定要注意。」老德先生開始碎碎唸。

於是，老德先生訂下：「不准吃太多零食狗餅乾」的規定。我們不給氣質卡買零食，也不餵她零食，完全不讓氣質卡有吃雜七雜八東西的習慣。氣質卡要學好好吃正餐和很多煮過的蔬菜。小小的氣質卡，請妳不要覺得我們太嚴格，我們希望妳好好的長大，不要過胖；我們當然更期許自己當個合格的狗主人。

婆婆很高興我們認同她：小狗也該常吃自然食物的看法，於是本來對養狗有疑慮的婆婆，現在一看到氣質卡就會開始煮不加鹽的蔬菜給氣質卡吃，可愛的氣質卡也很捧場，總是一口氣把婆婆的愛心吃個精光，讓婆婆對氣質卡越是疼愛有加。但我希望婆婆可別疼愛過頭，肥肥的氣質卡可不是我們的目標呀！

希望你的寵物也喜歡多吃自然的食物，永遠很健康！

第10課 氣質卡的朋友們

LESSON 10

生性好奇的氣質卡一上街散步，總是可以結交到不少朋友。以下就是氣質卡帶我認識的狗狗世界中的故事。（爲保護當事人隱私，以下故事中狗與飼主的名字及特徵，皆已更動。）

烏爾勞布犬

每天清晨，氣質卡總是很早就把我們叫醒了。現在懂得要出門大小便的氣質卡，期待的坐在門前，很高興馬上可以出去玩。一大早冷冷清清的大街，卻有不少早起的小狗和主人們。這是我從前都沒注意過的事。氣質卡在狗學校，學會了如何與其他小狗一起玩，又同時和平共處。所以好奇的氣質卡總是一看到其他小狗，就想跳過去狠狠玩耍一番。

「您的狗還是幼犬吧？」戴著毛氈帽的女狗主問我。

「是呀，牠才五個半月大。」我說。

「牠叫什麼名字？」毛氈帽女狗主又問。

「牠是氣質卡。您的狗呢？叫什麼名字？」我問。這時，我得把快騎到另一隻小狗頭上的瘋狂氣質卡拉下來。

「哈哈！氣質卡還太小，好愛玩呀！我的狗三歲了，叫艾美。牠是我們在烏爾勞布（德語「度假」之意）時撿到的狗。」毛氈帽女狗主說。

「哇！在哪兒烏爾勞布可以撿到這麼漂亮的邊境牧羊犬？」我好奇的問。

「牠小時候並不那麼漂亮呀！是西班牙小島上的流浪狗，不知爲何被棄養在路上，我們的度假小旅館正好就在附近。當時看到牠餓得發抖，全身皮膚病，我們太不忍心，決定帶牠去看獸醫，打預防針。之後再申請合法證明，才把牠帶回德國。」紅色毛氈帽女主人，講述了艾美的身世。

Sarah

「您把牠照顧得非常好呀！」我摸摸艾美的頭說。

「剛帶艾美回到德國時，有一度相當灰心。因爲醫生說艾美的健康狀況很糟，又可能曾經受過虐待，有點怕生。但是，經過一年的努力，艾美奇蹟似的完全變成一隻健康又快樂的狗。」女主人很自豪地說。

「這一定是因爲您們的愛心和信心的影響！」我說。艾美完全看不出來曾是一隻棄犬，牠漂亮的毛色和體態，在狗世界中一定是萬人迷。

「您說得沒錯。我女兒也從照顧艾美的過程中，學會安排時間、分擔家事，我們很高興能和艾美一起成長。」毛氈帽女主人笑著說。

從那天早上起，艾美成了氣質卡的好朋友。

如同艾美這樣的「烏爾勞布犬」（主人到國外度假時帶回德國養的棄犬），在德國數量眞不少。因爲德國人在歐洲大陸旅行時，能夠以開車的方式將棄犬帶回德國。但是，德國境內的動保法十分嚴格，邊境警察通常都會嚴格把關以免「烏爾勞布犬」將法定傳染病帶入德國。艾美的女主人在將艾美帶回國前，申請了各種相關文件和替艾美施打預防針，所以這樣的「烏爾勞布犬」

是合法的犬隻。

汪汪巴比

巴比是氣質卡的另一個朋友。

「請您小心您的狗，我的狗可能會咬牠。」這位棕髮的女狗主說。

「沒問題。我想氣質卡應該不會回咬。」我搞笑的說。

氣質卡這時已經成功的和巴比開始玩耍，本來一直對氣質卡汪汪汪叫不停的臘腸狗巴比，似乎卸下了心防，跟氣質卡開始玩亂跑。

「您的狗很會交朋友喔！巴比通常會攻擊其他的狗。」巴比的主人說。

「是嗎？我覺得巴比很可愛呀！」我說。

「巴比是我從西班牙的動物收容所搶救回來的狗，牠本來要被安樂死了，透過德國援救安樂死狗狗的組織，我領養了巴比。」棕髮女生說。

「德國這方面一直做得不錯呢！除了把國內的狗狗保護得很好之外，很多人還有餘力救助其他國家的狗。」我稱讚的說。

「即使救助這些狗所費不貲，但我覺得是件好事，我是指對我自己做了件正確的事，巴比是一隻非常適合我的狗。」女主人笑著說。

「怎麼說呢？」我的好奇心又來了。

「巴比本來是一隻住在巴塞隆那市區的小狗。牠的主人因爲長期失業，加上心理方面的疾病，巴比受到長期的虐待。除了從沒走出過住的公寓、全身皮膚病之外，也瘦到皮包骨。」棕髮女生娓娓道來巴比的故事。

「哇！可憐的巴比！」我不相信眼前的快樂巴比曾發生這樣的事。

「巴比的主人有天突然失蹤，巴比於是被遺棄在公寓房間中，牠用盡力氣吠叫才引來注意，被送到巴塞隆納的動物收容所，但是等待牠的卻是即將被安樂死的命運。」

巴比這時汪汪叫著跑回棕髮女生旁邊撒嬌。

「我看到巴比的故事，想到自己的童年，有段時間受到差不多的待遇，我卻沒有如同巴比一般，有勇氣大聲求救，以至於我長大後，變成一個相當不愛說話的人。我的憂傷很深，很不喜歡與人溝通，直到我的心理治療師建議我領養巴比爲止。」棕髮女生帶著微笑對我說了她的故事。

「所以妳覺得巴比很了解妳?」我問。

「對。巴比有著和我雷同的遭遇,卻比我更勇敢!我決定申請領養巴比,當我看到巴比來到的那一刻,我心中所有化不開的憂愁竟然都消失了。巴比是我神奇的天使……」棕髮女生感性的說。

「我完全同意您的看法。聽到您的故事眞是讓我很快樂!謝謝您!」我高興的說。

這時巴比又開始汪汪汪的叫。氣質卡因爲很少吠叫,這時只在巴比旁邊興奮得跳來跳去。

「不過,巴比還是很喜歡叫;畢竟當初牠用力的叫,才保住生命。現在牠應該不用擔心了,我會保護牠。」棕髮女生解釋著巴比汪汪叫的原因。

「巴比那麼喜歡汪汪叫,會不會是也想保護妳呀?」我問了傻傻的問題。

這時,棕髮女生的眼裡閃過一絲溫柔。

「絕對~絕對~是這個原因!」巴比的女主人大笑著說。

這是多美好的故事：汪汪巴比，一隻原本在巴塞隆納的小小公寓中快被餓死的棄犬，卻成爲遠在德國一位憂傷棕髮女孩的天使。因爲這份彼此的需要，於是我們學會互相珍惜。

汪汪巴比現在也是氣質卡的好朋友，但是巴比卻從不對氣質卡汪汪叫，因爲氣質卡是牠最好的快樂「亂跑」玩伴。

義肢阿祥

氣質卡第一次遇見阿祥的時候，我很猶豫要不要讓氣質卡跟牠一起玩「亂跑」？因爲這隻黑狗的兩隻前腿都是義肢。黑狗是一隻米克斯混種狗，看得出來有德國狼犬的血統。黑狗的體型頗大，但完全沒有因爲前腿是義肢就顯得動作遲緩。

「請問我的狗可以和您的狗玩嗎？」我問跟在黑狗身後的男女狗主。

「請便呀！沒問題！」女狗主笑著回答。男女狗主看起來是一對很快樂的伴侶。

Sarah

氣質卡被我放開，開始跟黑狗玩亂跑。沒想到黑狗的動作矯健，氣質卡幾乎追不上。

「請問您的狗受傷了嗎？」我問。

「阿祥嗎？阿祥是我們從西班牙領養的狗。因爲前肢被主人打斷，送到動物收容所後，馬上要被安樂死。我們決定搶救牠，救回來的阿祥立即送到動物專門醫院做義肢手術。」胖胖的男狗主用爽朗的聲音說著阿祥的故事。

「哇！您們眞有愛心！」我讚賞的說。

「愛心是不夠的！還要有對抗暴力的決心！」女主人正色說。

「您的意思是？」我不解的問。

「阿祥的主人本來要把有狼犬血統的牠訓練成殺人犬，保護黑道的人。但阿祥生性和平，黑道大哥怎麼訓練，個性太溫和的牠也無法符合他們的要求。於是，阿祥就被他們照三餐毒打，直到腿斷了站不起來爲止。」女主人氣憤的說。

「哇！眞沒人性！」我也氣了起來。

「我們聽到阿祥的遭遇眞是氣炸了！因爲我老公是警察，知道這些壞蛋的可惡，我們無論如何也要救阿祥。」女主人似乎非常讚賞自己的老公。

「這樣的手術不便宜吧？」我問。我知道德國的獸醫收費可是有夠高，像阿祥這樣的手術一定會讓人在財務上覺得吃力。

「厚厚厚！到目前爲止是四千歐元，但是阿祥多健康！」男主人爽朗的笑著說。

「我們少花點錢，就可以存給阿祥做手術，這錢花得有意義！」女主人附和。

是呀！阿祥跟氣質卡玩得好快樂！

「阿祥都沒有心理後遺症嗎？比如說怕人或憂鬱？」我問。

「不會呀！我們沒心理病，阿祥自然就被我們影響啦！哈哈哈！」女主人大笑著說。

「只是阿祥不能看到人拿著棍棒之類的東西，不然馬上會發出哼哼哼的嗚咽……」男主人說。

這時我看到喜歡樹枝的氣質卡，正好撿了一支大樹枝朝阿祥跑過去。

「氣質卡！不要拿棍子嚇阿祥呀！」我擔心的大叫。

咦？可是阿祥竟然跟氣質卡一起玩起搶樹枝遊戲。

「哈哈哈！這沒關係！阿祥很聰明會分辨啦，會拿棍子打他的是人，不是狗呀！」夫妻倆笑著要我別擔心。

哇～看來我比阿祥還笨，眞是不好意思！我對於這對夫妻的愛心，很讚賞；對他們不喜歡暴力的決心，很讚嘆。對可愛又溫和的阿祥，我為你感到很高興。你們的眞心也讓我很感動！我相信任何暴力行為，終會被愛心所感化……

導盲拉拉山米

氣質卡因為年紀小，不懂得世界上還有一種拉拉，雖然外表跟她長得一樣，但是卻不是隨時都可以跟氣質卡玩亂跑，這種狗就是：導盲拉拉。

我們住家附近常遇見德國的導盲拉拉。牠們的個性十分穩定，受過專業的導盲訓練，所以隨處可以見到導盲拉拉的身影。德國一隻導盲拉拉的訓練費用高達五萬歐元，所以每隻導盲拉拉都受到很多照顧。店家很歡迎導盲拉拉進入，而且會很高興協助導盲拉拉和牠們有視覺障礙的主人，在店中購物。餐廳更不用說，當侍者看見導盲拉拉進入時，絕對會立即上前問是否可以提供導盲拉拉乾淨的飲水。（在歐洲大部分的餐廳，即使是一般寵物犬也可以隨狗主人進入用餐。餐廳都非常樂意看到小狗上門。這與美國或台灣，大多數人拒絕小狗進入餐廳的做法完全不同。）

德國人對於穿上導盲體套和導盲器具的拉拉都很小心，父母會告訴孩童不可以跟導盲拉拉玩耍，因爲這隻狗正在「上班」。路上的狗主也會節制自己的小狗，盡量不讓小狗靠近，以免讓導盲拉拉分心，無法好好引導主人行路。

氣質卡曾經試圖在我不注意時，想跟一隻導盲拉拉玩耍。但那隻沉穩的拉拉，表現了專業的不動如山。

「請問您有牽小狗嗎？」導盲拉拉的主人發覺有其他的狗要靠近。

「對不起，我沒注意到我的狗要打您的狗。」我立即道歉。

「沒有關係。我猜您的狗應該是年紀很小？」拉拉的主人問。

「沒錯。她還不到半歲。她也是一隻黃色的拉拉。」我回答。

「我聽說最近有一隻與山米長得很像的拉拉，可能就是指您的狗吧？」拉拉的主人說。

「有可能，氣質卡長得跟山米很像。不過，山米要比氣質卡穩重多了。」我說。

「啊，山米是一隻受過訓練的成犬，您的狗還是愛玩的幼犬，不一樣。」拉拉的主人回答。

「山米也愛玩嗎？牠有下班的時間嗎？」我好奇的問。

「脫掉導盲制服的山米，跟每一隻拉拉一樣愛玩，只要是不工作的時間，山米可是很活潑的。現在我們就是要去公園玩球，山米最喜歡玩拋球的遊戲。我們也會在那兒遇見其他的導盲拉拉。」山米的主人笑著說。

「那麼祝您們玩球愉快呀！山米再見！」我對山米說。

「謝謝！也祝您們有美好的一天！」山米的主人回應我。

每一隻降臨人間的狗，都有美麗的使命。山米拉拉的生命貢獻出來給視覺有障礙的主人，牠努力的工作，引領主人可以「看見」和經歷更多美好的生活。感謝每一隻爲造福人類而奉獻一生的狗狗。

拉博爾米格魯

氣質卡的朋友中（每天去散步時認識的其他狗朋友），有一隻害羞的米格魯。跟其他米格魯相較，這隻米格魯就超乎異常的安靜。有時氣質卡試圖跟牠玩「亂跑」，牠卻很安靜的慢慢走到男主人的雙腿中間，坐好，繼續安安靜靜的看著不停跑前跑後，有點像過動狗的氣質卡。

「您的狗不喜歡跟其他狗玩嗎？」我擔心氣質卡太煩人，所以詢問一下狗主的意見。如果他們也認爲他們的米格魯不愛跟其他狗社交，下回我就會把氣質卡趕緊拉回來，避免嚇到這隻米格魯。

「我們的狗還在適應『一般』的世界。」狗主人不急不緩的對我說。

「一般的世界是指……」我發現這個形容詞很不尋常，於是提出疑問。

「我們的小狗是拉博爾米格魯。您知道什麼是『拉博爾』米格魯嗎？」狗主人問我。

「我知道米格魯是狗的品種；但從沒聽過『拉博爾』。」我回答。

「拉博爾（德文：Labor）就是測試一些藥或做實驗的地方，您了解嗎？我們的米格魯就是一隻生長在實驗室，用來做動物實驗用的狗。」狗主人說。

原來，拉博爾就是實驗室的意思；我原本以爲是一種米格魯的品種哩！

「哇！我以爲做動物實驗都是用老鼠！」我感到好驚訝！原來德國還有實驗會用到狗，眞不可思議！

「很可惜的事實，還是有不少實驗必須動用狗。這些狗都是在實驗室出生、長大，到兩歲才停止被繼續做實驗。因爲許多藥物實驗得保持身體一些指數的常態，以至於這些被用來做實驗的狗，都是被關在不銹鋼的籠子中長大的。牠們從沒離開過實驗室，也沒有在戶外走過路。」狗主人不急不緩的說。

「這……太不人道了吧！他們給牠做什麼實驗？很殘忍嗎？」我聽了差點大叫。

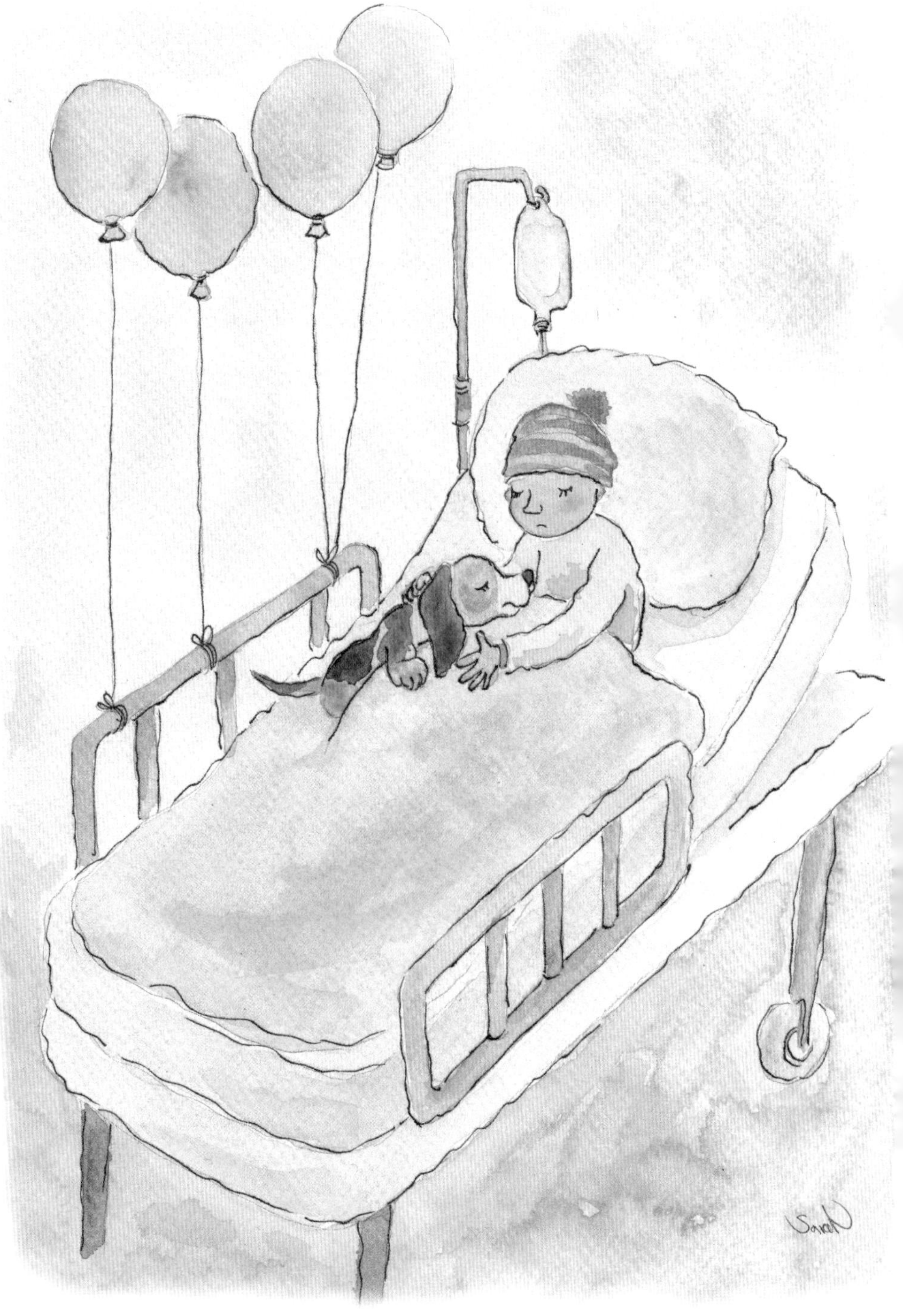

「沒人知道這些狗到底被做了什麼實驗，我們是從『拯救實驗犬』組織的網站領養到這隻米格魯的。到目前爲止牠越來越活潑，但還是有點害羞。」戴著鴨舌帽的年輕男主人說。

「牠剛到我們家時，雖然已經一歲半了，但不太會跑，牠的腳掌甚至比我的臉還光滑！因爲只在很小的不銹鋼籠中生活。」穿著慢跑鞋的女主人很和氣的說。

「那牠的健康狀況沒受到這些實驗的摧殘嗎？」我對這樣的拉博爾米格魯太好奇。

「實驗室只准將還活著的狗開放領養，至於牠的健康狀況我們得自己注意。我們也永遠不會知道牠曾被用在哪方面的實驗上。聽說德國有不少拉博爾狗，是用來做孩童治療白血病針劑的實驗。確實因爲這些實驗，讓這方面的藥劑得到了進步，幫助了不少需要這些治療的白血病童。」男狗主說。

「牠爲人類的生命延續，貢獻了自己，現在我們願意照顧牠的餘生。」女主人對我說。

我聽了，眼眶發紅……（在是否用動物做實驗這樣的事上，永遠存在著類似的道德和邏輯糾葛。但是我個人卻以爲能積極拯救生存下來的實驗犬，也是很正面的做法呀！）

「現在牠很好，也很健康，一點都沒受實驗的影響。」男主人高興的說。

「有這樣的網站可以去看看嗎？」我問。

「有的。www.laborbeagle.de」男主人很鼓勵我去了解一下德國領養實驗犬的組織架構，和他們爲拯救實驗犬的愛心工作。

到底該不該拿動物來做實驗？這是一個很難在道德上衡量的兩難問題。該與不該的極端，都會產生很大的爭議。但我卻從這對年輕夫婦身上學到一件事：與其爭辯，不如動手去拯救。就如同拉博爾米格魯的女主人說的，小狗對我們奉獻的生命，若可以拯救更多的孩子，那我們就更該抱著感謝的心，盡力拯救照顧這些對人類無私付出的狗狗們。

希望拉博爾米格魯的故事，可以讓我們在類似的事情上，找到更多積極且正向的平衡點。

第11課
疑問香鋪店
LESSON 11

自從帶氣質卡出門散步，我覺得最煩惱的時刻，便是要向許多一竿子打翻一船人的德國人表明：不是每個東方人都吃狗肉！

比如說，有天我和氣質卡走在公園裡，突然有位中年女士向我微笑走來，她先客氣的向我說日安，然後接著問：「您的狗，不會最後進了鍋吧？」

我聽了差點倒彈三尺！

「您在說什麼呀？」我問這位陌生女士。

「我看電視報導，中國人都養狗來吃。不是嗎？」她挑挑眉毛說。

「那我只能說您電視看太多。」我聽了大笑。德國不乏此種讓我稱之爲：

「電視文化泛博學者」，以爲在電視上看到的知識都很正確，而且莫名其妙的深信不移。所以我根本不知道她現在是在跟我開玩笑呢？還是眞的擔心氣質卡被我吃掉？

「照這個邏輯，那您是德國人，怎麼沒穿皮褲呀？」我笑著回問。

這位女士一聽我這麼說，便板著臉走開了。哈哈！希望她下回能幸運點兒，看到一個比較中庸且報導正確的電視節目啦！

還有兩個在公園中種樹的園丁似乎也看了同樣的節目。不過，這兩個年輕人挺有趣，在跟氣質卡玩了好半天後，才怯怯的問我：「電視上說中國人都養狗來吃，是眞的嗎？」

「不是呀！電視上的報導是說在中國有些較貧困的農民養狗來吃，不然孩子會沒有蛋白質的供給而營養不良吧？我們需要幫助他們改善收入和生活，才能讓他們不再吃狗，對吧？」我回答。

「我們就在想，怎麼這些人會沒來由的吃狗呢……」園丁兄聽了我的解釋後這麼說。

「那就請你們也告訴有相同疑問的朋友，不是中國人就會吃狗肉；但我很謝謝你們的問題！」我笑著說。

「也謝謝妳解釋了我們一直誤會的事。那電視上又報導韓國的市場上有賣現殺的狗肉哩！那是眞的吧？」園丁兄說。

「哇！我不敢再聽下去了！如果吃狗只是爲了好吃，而不是像窮農民那樣因爲走到絕路上沒辦法，我想都不是好事。」我搞笑的假裝快昏倒。

兩個園丁兄都笑了起來。他們現在也成了氣質卡的好朋友。

第⑫課

LESSON 12

可愛狗狗時間表

只要是下午和氣質卡一起出門，就會遇到一個小男孩。小男孩有一隻黑色的拉拉，氣質卡很喜歡與這隻拉拉玩。

「你的狗幾歲啦？」我問小男生。他看起來大概是九或十歲。

「牠已經五歲了。」他很有禮貌的回答我。

「你很壯喔，可以牽得住五歲的大拉拉。」我稱讚這個個頭不高的小男生。

「哈哈！我今年已經十歲，我從八歲就開始遛狗，所以已經習慣了。」小男生面帶微笑的說。

「八歲就開始照顧小狗？眞不錯呀！可以分擔父母的工作。」我說。

「不是，不是我在照顧牠，我媽媽總說是牠在照顧我。」小男生說。不過他的回答讓我頭冒問號。心想，是不是小孩子口齒不清，還是我聽錯？

「你的狗怎麼照顧你？」我乾脆直接問了。

「我爸媽在我五歲時，開始擔心我會是電腦世代的兒童，將來上了學一定會沉迷在電腦前，就跟我爸一樣嘛！哈哈……所以他們就想出要養一隻狗的方式，讓我一定得離開書桌，幫忙遛狗，這樣就可以養成勤活動的習慣。所以我說是狗在照顧我，而非我照顧牠。」小男生耐心的解釋。

「哇，你的父母眞厲害！想出這種好方法！而且我看你做得很好，你的狗很聽話。」我又稱讚了小男孩一回。

「照顧一隻狗並不容易。我從八歲開始就要自己訂一日作息表：早上起床後遛狗，再去學校上課；中午放學時，狗狗已經等在花園，我就趕快帶牠出來散步。吃過中飯，就開始溫習課業，或玩一下電動；三點就要再出來遛狗。一等到晚餐後，我才開始做一些自己的事。」小男生把一天的時間表規畫得不錯。

「你們倆眞是最棒的Teamwork呀！」我笑著說。照小男孩的時間表看來，他每日都遛狗三次以上，很棒！

「我也覺得我父母養一隻狗，順便教我規畫時間的方法眞不錯，讓我得在下午遛狗之前把功課寫完，要不然狗狗就沒人遛啦！」小男生可愛的說。

雖然我沒見過小男生的父母，但看到他和狗狗的互動，再聽見他因爲有狗狗的日子，就必須學習給自己訂一張生活作息表的能力，我還滿想向這對夫妻敬個禮！因爲他們用一個聰明的方法教孩子規畫生活，並明白對身邊的事物負責的重要性。在這樣的環境下成長的小孩，也就必然會有很棒的獨立自主精神！我很喜歡這對父母送給孩子的「可愛狗狗時間表」，你呢？

另外，愛乾淨的德國人，會很怕家中小孩接觸狗狗嗎？他們爲何不怕引起小孩皮膚過敏？小孩的皮膚過敏是體質和不當飲食造成，狗毛並非元凶，但狗毛富含蛋白質，隨時注意清除家中的狗毛就成了非常重要的事！

因爲含有蛋白質的狗毛，讓環境產生異味。不少注重養狗的環境衛生的德國人，用吸塵器吸狗毛後還每星期更換乾淨吸塵袋，如此就可避免狗毛產生細菌及附著在狗毛上的跳蚤蛋、狗蝨蛋的孵化。

以上給養狗的主人參考。

還有，德國養狗家庭會教自己的孩子：

1 狗狗若是習慣前腳撲在你身上（一歲以下的幼犬，會用這方式表示友好），小孩可先用膝蓋將小狗的前胸慢慢頂開，再用手推開小狗的身體。重複數次，小狗就知道你不喜歡牠這樣撲人的動作。

2 如果你比面前的狗狗矮，牠若想撲你表示友好，請不要動，轉過身，背對小狗。重複數次，小狗就會明白你不喜歡牠撲人的動作。

3 小狗喜歡追會動的東西（這是狗的天性）。如果看到狗，不要跑。

4 不要去摸或打擾進食、休息中的狗。牠們會跟小孩一樣不太耐煩，而嚇到小孩。

5 不要跟狗食碗靠得太近。小孩就不會因爲距離狗的食物太近，讓狗誤以爲小孩要爭食。

6 不要跟狗一起睡覺，這樣可以避免狗身上的病菌。

氣質卡曾經遇見過許多德國小孩，即使氣質卡因爲想玩撲到小朋友身上，他們也都很冷靜的執行上述1和2的動作，完全不害怕。最正點的是，這些孩子還會安慰正在跟他們道歉的我，說：「不用擔心，我家也有養狗。氣質卡這樣很正常。通常只有幼犬會這樣撲人；成犬就不會了。」

聽了小朋友的話，讓我對他們父母所教導的生活教育，十分敬佩。希望我們也可以用同樣的精神，把和狗狗相處的藝術，教給每一個善良的孩子。

第⑬課

LESSON 13

小狗的心事

誰能了解小狗的心事？如果小狗有些讓人快抓狂的舉動，比如：吠叫不停、隨時亂破壞東西、出門就亂咬人、完全不聽主人的指令、總是不停的走來走去，不肯休息……這時，狗主該找誰幫忙？

氣質卡有三隻狗朋友，就有上述所有的症狀。每次遛氣質卡，遇見這三隻小狗，總是可以聽到牠們的女主人最近又去上了哪些小狗心理輔導課，我也從這位女狗主身上學到不少狗狗心理學的知識。

「跟自己的狗一起去上心理輔導課，很棒！」女狗主對我說。

「我完全沒接觸過這種課程的經驗。請問：是主人上課後更了解狗的心理，還是心理諮商師會教狗更了解自己的主人呢？」我問了一個滿笨的問題。

「妳問的問題，就是這狗狗心理課的重點。」女主人很正經的回答我。

「您是說，狗和人兩方會因此更彼此了解？」我很驚訝。

「打個比方，我以前根本沒辦法讓我的小黑停止亂吠，這一直相當困擾我；而我的鄰居也曾對小黑的叫聲，提出過嚴重抗議。」女主人拿她養的三隻狗中的那隻小米克斯獵犬爲例。

「我沒聽過牠亂叫呀？」我看看正在跟氣質卡玩亂跑的小黑說。

「牠在戶外不叫，一回到家就會亂吠。上課時，老師要我跟小黑一起模仿在家的狀況，發現小黑會亂叫，其實我也得負責任。也就是說，當小黑在吠時，我常會重複的命令牠停止。所以，小黑只聽見我不停的在說話，並不明白那是要牠別叫。我的高聲調也讓小黑很緊張，牠就繼續不停的吠。」身材瘦長的女狗主跟我分析小黑會亂吠的眞正原因。

「老師有什麼好建議呢？」我問。

「其實很簡單，就是小黑亂叫時，我只明確的說一次『停止』，接著要保

持安靜。這樣慢慢重複兩三次後，如果小黑不再叫就要好好獎勵牠。我試了，果眞有效。小黑現在亂叫的次數不僅減少，我也覺得自己心情輕鬆多了。」看來很有心得的女狗主說。

「哇！這眞的是很棒的課呀！」我說。

「每回課堂上會有很多不同的小狗，不同的故事。但是只要老師一點出原因，小狗煩躁的症狀大多都會減輕。可見狗主的心理也會影響小狗。」女狗主笑著說。

經過多次聊天後，我才知道這位女狗主的三隻狗，都是從動物收容所領養來的棄犬。三隻狗所遭遇過的悲傷故事讓牠們的個性大相逕庭。除了小黑愛亂叫，還有一隻小種馬爾濟斯愛亂咬人，另一隻德國臘腸狗在散步時只會躲在女主人身後，這隻狗也最喜歡宅在家，每天要主人死拖活拖才肯出門運動。

「我很敬佩您的愛心。領養三隻棄犬，還爲牠們去上狗狗心理輔導課。讓我很感動。」我對這位超有耐心的女狗主說。

「我曾養過一隻純種狗，而我並不知道牠是一隻被非法過度繁殖的小狗。

一歲前看不出任何異狀，但骨骼方面的問題慢慢出現，小狗關節受苦的疼痛，讓我們很傷心。可是我們並沒有放棄，依然帶牠就醫，希望牠會好轉，最後這隻小狗還是因爲骨骼全壞掉，不得不安樂死。這是許多惡質的純種狗繁殖場所造成的。我們從此只領養小狗，不再癡迷於純種狗。這三隻狗爲我們帶來的生活樂趣跟純種狗是一樣的，甚至讓我們學到更多珍貴的事。就拿這狗狗心理輔導課來說，連我都受惠。」好心女狗主說。

「氣質卡不是繁殖場來的狗，她媽媽是一隻可愛的、生活在農莊裡的拉拉。農莊女主人也是愛狗的人，還是德國拉不拉多犬協會登記的會員。」我趕緊解釋。

「您這麼嚴謹選擇狗的來源很正確！請大家千萬別學我貪便宜，曾買過來路不明的狗。這些狗通常是德國合法小狗的三分之一的價格，可是這些小狗從小就滿肚子蛔蟲，也沒打狂犬病預防針，等飼主發現時也太晚啦！啊，氣質卡是一隻很可愛又愛玩的小狗。」女狗主接著說，「養狗前，最好先了解犬隻的來源，不要隨便買狗，這樣才能讓惡質的非法繁殖者無利可圖，不讓他們有機會虐待這些可愛的狗狗。」女狗主很溫柔的說。

愛心女狗主，謝謝妳的故事。更謝謝妳用愛心和耐心陪伴三隻需要疼愛的棄犬。

健康的狗，才是快樂的狗。在充滿愛的環境裡出生的狗，才會給狗主帶來快樂。道德和愛，如同回力球，你拋出什麼，都會回到自身。可惡的非法狗狗繁殖者，我當然不能讓你們從地球上消失，但想想你所拋出的惡質回力球，它們終究也會回到你身旁吧！

第14課

狗糞女軍曹

LESSON 14

當然不是每個德國人都愛狗。說實話，以本人的淺見，我還眞希望不是每個人都愛狗，因爲這樣一來，習慣比較差的愛狗人士，就可以有人督促管束啦。

爲什麼會這麼說？

德國不愛狗的人，滿處皆是。這些德國人只要一看到狗就會橫眉豎眼，常常會對你的狗叫著：「請您的狗別再靠近我，我很怕狗！」要不就是客氣的說：「對不起，我對狗毛過敏，可能會因此全身發癢；請您的狗站遠點兒。」要不就是很直接的，用冷冷的聲音對你說：「我～恨～狗！」

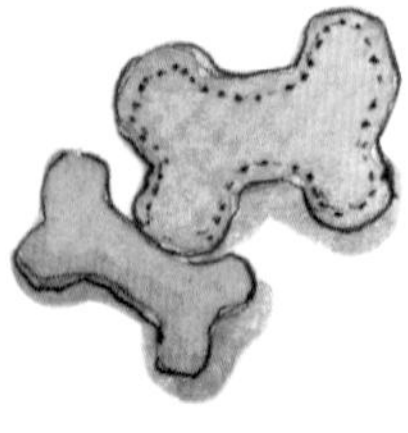

以上這幾種對狗敬而遠之的德國人，氣質卡和我全遇過。我認爲每個人對狗有不同的看法，我不會勉強別人一定要喜歡狗。如果氣質卡造成別人的不舒服，我一定會趕緊將氣質卡帶開；這是做人的基本道理。久而久之，氣質卡也很能分辨哪些人喜歡她，哪些人她可以省略寒暄。氣質卡這方面的學習力很驚人，而且正確率高達百分之九十！我只要看到氣質卡對誰搖尾巴搖不停，就肯定這人喜歡狗；如果氣質卡對誰像是沒看見，眼睛看著遠方，更不試圖靠近某人，這人就很可能是不大喜歡狗的德國人。

有些恨狗的人，會找機會以言語修理街上不清理狗糞的狗主人。我認爲這樣的恨狗人實在太棒啦！只要有哪個狗主沒清理狗糞，這些忿忿不平的恨狗人，就會追過去像發瘋似的大叫起來，一直逼狗主把狗糞清理完爲止。

氣質卡和我就遇過這樣的人，眞的是讓我印象深刻。

有一天中午，氣質卡和我走在街上。氣質卡走著走著，後腿慢慢下蹲……不到幾秒鐘，氣質卡已經解決了很重要的事情。當我準備從外套口袋中，掏出塑膠袋清理氣質卡的排泄物時，身旁突然靠過來一位矮胖的中年女士。

「妳不會就這麼不清理狗糞吧？」這位陌生的女士質問我。

因爲她出現得太突然，我遲疑了一下，當我回神正要開口解釋我有帶塑膠袋要清狗糞之前，這位中年女士就開始對我大叫了：「我最恨你們這些養狗人！（華娟心想：她義正辭嚴的先打翻一船人啦！）你們是讓城市變骯髒的劊子手！如果每個養狗的人都像妳一樣不清狗糞，德國的每條街都會被狗屎淹沒！（華娟心想：好一個假定可能性爲必然性的「滑坡謬誤」！）」

這位中年女士說話的態度，揮來揮去的手勢，都讓我覺得她是一個正在領軍作戰的女軍曹。我偷看一旁的氣質卡的表情，覺得氣質卡對狗糞女軍曹的反應眞好笑：氣質卡這時居然坐下，很嚴肅的盯著女軍曹，似乎很臣服於她的威武哩！我則在一旁得憋住不笑才行，因爲好怕被女軍曹罵得更狠呀。哇哇哇！

「請您別激動，」我試圖解釋我根本無意不清理狗糞，「我正在拿塑膠袋呀！」我邊說邊對女軍曹揮揮我從口袋中拿出來的塑膠袋。

「最好每位養狗人都這麼做！這樣才正確！」女軍曹用冷冷的口氣回答。

她說完，繼續轉身往前走。我注意到女軍曹經過狗主旁邊時，都會歪頭看看附近有無狗糞，如果有的話，一旁的狗主就要小心了。

「您別在意，德國有不少這種狗屎糾察隊員。」我身旁剛好經過另一位狗主對我搞笑的說。

「哈哈哈！我覺得很好呀！確實有很多狗主不清理狗糞，這種習慣不好。」我邊說邊把氣質卡的狗糞清理完畢。

「您用的也是這種塑膠袋嗎？這是狗主清理狗糞的最好良伴。」另一位狗主說。

「是呀，這種塑膠袋的大小剛好。我們是先用它來分裝狗飼料，再用來清理狗糞用。」我跟另兩位狗主交換起狗糞塑膠袋使用心得。氣質卡又和其他兩隻小狗開心玩耍，三條狗鍊纏來繞去，快要攪和在一起解不開啦！眞有趣！

我其實眞的感謝狗糞女軍曹！我完全同意她的糾察態度。沒有公德心的狗主，是該被立即糾正。我甚至懷疑不清狗糞的狗主，根本就沒養狗的資格！因爲小狗很愛乾淨，做主人的也有同樣的生活態度不是更好？

希望每個愛狗人，都當個跟小狗一樣愛乾淨的狗主，讓狗糞女軍曹們，可以對小狗完全休戰！一起努力吧！

第15課

小狗秩序價目表

LESSON 15

德國每個地方政府皆設置了秩序局。我非常非常喜歡秩序局這個單位！因爲在生活中有很多很多不大不小的事，就需要像秩序局這種單位來出面協調。

秩序局是維持一座城市中的居民安全，並保護居民的財產和居民權益的單位。德國秩序局的秩序警察每天會開著寫有「秩序局」的警車在大街小巷檢查「秩序」。德國的秩序局管轄的是德國法律上與民法相關的法令執行或稽查。舉凡：違規停車、環境保護、噪音管理、建築工地秩序、餐廳衛生檢查、城市交通狀況、鄰居吵架、不法侵占或侵權行爲……這些大小事，都由秩序局來管理。在德國，許多人一聽到秩序局，就會頭皮發麻，因爲秩序局維護秩序可是很嚴格的，如果你違反了秩序局的規定，卻沒有好好改善，秩序局就會祭出不少嚴格的罰則或罰款，讓違規者非得服從法令不可。

在德國，人民除了受到警察的保護，秩序局也可以讓人覺得自己的生命財產被損害時，有適當的投訴之所。

比如：我家附近有個餐廳，某天排放出廚房的油煙味。立即就有人通告秩序局，要求派員檢查餐廳的專業排油煙濾網是否合格？秩序局因爲不受環保法的限制，他們只對餐廳的濾油網爲何沒有發生作用有興趣，所以就馬上派出專門的餐廳衛生秩序警察來檢查油網。因爲德國對這方面的秩序要求非常嚴格，秩序局的警察只來檢查過一次，餐廳就很警惕的在限期內改善了。德國秩序局的效率，是維護乾淨生活環境的一大功臣。

爲什麼我會講到秩序局？因爲德國的秩序局也管你家的狗。如果有人發現鄰居在一個很小的空間養一隻體型過大的狗，就會通報秩序局來檢查你這樣是否有虐狗的可能性？秩序局會參考德國動保法，按法令規定中動物體型大小和適切活動範圍的比例，來決定是否讓你繼續在這樣的空間養狗。

德國秩序局的警車也會在路上注意沒有戴狗牌的狗。如果被抓到狗沒戴有效的狗籍牌，就會被罰款。因為查得緊、罰得重，德國幾乎每位狗主都會幫自己的狗好好戴上狗籍牌，免得被眼尖的秩序警察活捉。

如果有人懷疑鄰居長期虐狗，但又不能舉證時，可以通報秩序局。秩序局可以上門拜訪，看狗主的環境衛生和心智狀況，再看小狗是否有健康不良或受傷的疑慮。

「哇！我好想哭呀！」朋友嘉比有天打電話來，搞笑的在電話那頭哭訴。

「哈哈！發生什麼好笑的事嗎？」我問。

「昨天我帶我家力桑（華娟註：嘉比的小獵犬）出門，心想不要用狗鍊牽，讓牠跟著我走，結果就被秩序局的警察活捉啦！嗚嗚～～」嘉比假哭起來。

「妳被秩序局逮到沒用狗鍊……那一定不便宜喔？」我憋住笑，假裝正經的問。

「三十五歐元啦！哇哇哇……」嘉比假哭的更大聲。

「哇哈哈！真的好貴呀！我家這邊的秩序局對沒用狗鍊牽狗上街的狗主只罰十五歐元；下回來我這邊遛力桑啦，比較便宜！」我虧嘉比。

「咦？那價格差滿多的喔！妳被罰過？」嘉比聽了嚇一跳。

「我昨天牽氣質卡出去，遇見一位養比特犬（Pit Bull）的狗主。她警告我絕對要小心秩序局的車子可能就在你身邊！她已經被罰三次了，都不知道是誰去叫秩序局來抓她？她只是在公園草地上放開她的狗幾分鐘，就被秩序局開單了。」我說。

「哇，牛頭犬當然會被抓呀，是具危險性的攻擊犬哩！」嘉比說。

「對呀，那隻牛頭犬也沒戴口罩，氣質卡一看到那隻牛頭犬靠近，就很搞笑的自動先躺下四腳朝天裝死！氣質卡似乎已經聞到牛頭犬的霸氣了吧？」我說。

「可是，我家力桑那麼小隻又那麼可愛，怎麼看也不具危險性呀！這樣也要被罰三十五歐元，真的好貴啦！」嘉比好可憐，可能還會心痛很久……

秩序！秩序！這就是重秩序管理的德國嘛！

跟大家粗略列舉，德國秩序局可以對狗狗做秩序管理和罰款的部分（德國落實動保法的決心，讓街上看不到流浪狗），他們要求市民確實做到：

1 不可以遺棄犬隻。如果你的住家搬遷，也要將小狗的狗籍同步更改，讓秩序局可以隨時追蹤到小狗的新地址。在德國，隨意遺棄犬隻，將被罰款五萬歐元。

2 飼養具危險性的狗，需申請德國政府的許可證。無許可證卻畜養有攻擊性的犬隻，飼主要被罰一萬歐元。帶著具危險性的狗出門，一定要繫繩和口罩，未遵守者罰款十萬歐元。

3 不可在任何地方販賣小狗。也就是說你不會在德國的寵物店或寵物美容院，看到待出售的小狗；只有正式登記有案且遵守動保法令的繁

殖者可以販售合法的犬隻。秩序局會隨時據報查緝非法售犬的團體或個人。被逮捕者將依德國境內非法走私動物罪起訴。

4 德國的收容動物之家爲私人民間團體，可以向政府申請補助。每個收容所會嚴格執行動保法的相關規定，動物收容之家的犬隻，都已結紮。動物收容所也會嚴格篩選來領養動物的人（領養者的居住環境、是否適合領養動物、領養者的經濟能力、是否有養類似寵物的經驗……）。動物收容之家也會不斷回訪追蹤飼主領養動物的狀況，避免動物再次被遺棄。

5 動物收容之家不只收容棄犬。若有人眞的因某些狀況無法繼續養寵物，舉凡：死亡、重大意外、家庭、健康或搬遷因素，都可以將寵物送到收

容之家。將寵物送到動物之家等待認養的條件是，飼主必須定期捐助或贊助動物收容之家的運作。有不少德國過世老人的寵物，都需要這樣的照顧。德國的老人也都會爲自己即將無法再照顧的寵物做「送往動物收容之家」的打算。這個做法，讓動物收容之家有資金上的良性運作。

6

勸導國民發揮道德感，拒買來路不明的犬隻。有很多來自東歐的犬隻會在私人的庭園中販售，賣不出的幼犬也常下落不明。這些未經過德國政府控管的外來非法犬隻，極多數載有法定傳染病，也有不少是近親繁殖的病犬。有許多德國境外的犬隻繁殖「黑手黨」，讓母犬一直不斷受孕生產，以低價賣出健康有問題的幼犬。舉個例子：我曾在街上遇到一位德國狗主，她就是貪小便宜買了這種非法的「私人後園」繁殖幼犬。幼犬因是純種犬的過度近親繁殖，性格極不穩定又常常抓狂，甚至攻擊家中的小孩，讓狗主十分痛苦，看到愛犬因爲基因的混亂所造成的痛苦，也讓全家人很難過。這位狗主就以自己活生生的例子，告訴每一個她遇見的人千萬不要去買這些非法的小狗。希望每個人都發揮道德的力量，來約束那些利用賣非法犬隻從中牟利的人。

如果我們都有心發揮強烈的道德感來保護動物，我們的環境就會更好。

第16課

氣質水美人

LESSON 16

氣質卡很愛跟陌生人玩，一點也不怕生。這天，我們一起到露天市集買菜，遇見了一位很高大、戴著法式純毛貝雷帽的老阿伯。

老阿伯一看見快樂的氣質卡，就問我可否跟氣質卡玩呀？

「當然可以！」我回答。

「她是一隻多麼可愛的小狗呀！每隻狗的個性都不同，她的個性明顯的就是快樂！」高大的老阿伯還溫柔的單膝跪下來和小氣質卡玩。氣質卡一個高興差點跳到老阿伯的懷裡！

「呵呵！很有活力的小狗哩！應該來參加我們的小狗大會！」老阿伯說。

「什麼？有小狗大會？」我好奇的問。

原來老阿伯是德國巴戈犬協會的會員，這個協會每年都會在不同地方舉行聚會。很多巴戈狗主固定參加這個大聚會，大家一起交換豢養巴戈犬的心得。

「只要養過一次巴戈犬，就會迷上這種狗。牠們眞的非常溫和又可愛。我已經養過三隻囉！每隻都活到十五歲。我們也即將舉行這個區域的大聚會，歡迎你們來參加！」老阿伯很自豪的說。

「當然願意參加！很多很多巴戈犬聚集一堂的喘氣聲一定很有趣！可是氣質卡不是巴戈。」我說。

「我們有些會員也同時養了拉拉呀，所以氣質卡不會孤單……這次還有一隻據說是二十三歲的巴戈要來參加。」老阿伯說。

「二十三歲的狗？眞的？這隻狗一定吃得很健康！那麼長壽！」我叫起來。

「是啊！這隻巴戈的長壽是每位飼主的目標。大家都在試著把自己的狗養得又健康又長壽。這不是件很美的事嗎？其實，小狗最需要的養分是水。牠們

Sarah

最需要常常藉著水來濕潤嘴巴進而抵抗病菌，水也可以幫忙小狗不發達的汗腺，促進身體的循環代謝。小狗的腸子也需要水來幫忙蠕動，增加牠的排泄功能。氣質卡這個小女生，要常常喝水來保持健康。」老阿伯用好大的手掌摸著氣質卡的頭。

「謝謝您的建議。我一定會讓氣質卡多喝水。」我感謝老阿伯給我的專業建議。

「我的太太來接我囉，希望在巴戈小狗大會時看見你們呀！」老阿伯邊說邊坐上他太太的車，跟我們揮手道再見。

回到家，我先給氣質卡一碗乾淨的水喝。果然氣質卡把水喝得精光。

再上網到老阿伯給我的巴戈犬大聚會的相關網址去看看，才知道老阿伯是這一屆大會的主辦人哩！哇！竟然還辦過全歐洲的巴戈犬大會，上千隻巴戈

犬在一起，得喝掉不少水吧？哈哈！想到一堆長得一樣的巴戈犬一起喝水的模樣，這可愛的場面不禁讓我覺得很和平又很幸福呢！

氣質卡，妳這個小女生要多喝水，一生都做個漂亮的氣質水美人吧！

第17課

阿美的巴黎天堂

LESSON 17

阿美是一隻漂亮的邊境牧羊犬。她是氣質卡在公園玩亂跑的最佳伙伴。阿美跑得快、跳得高，讓氣質卡每次都一定要跟阿美玩到盡興才肯回家。

只是，當冬天過去了，小小的氣質卡都已經一歲半時，我們才猛然發現已經很久沒看到阿美來公園玩了。

「妳有看到阿美嗎？阿美跑去哪了呀？妳已經很久沒和阿美玩亂跑囉……」我問氣質卡。

氣質卡抬頭看看我，用力一縮一放著鼻頭，在風中吸了幾口氣。或許她知道阿美去哪裡了？但我聽不懂氣質卡的答案。

今晚，是我和老德先生的外出用餐約會日。我們在一家小酒館中吃晚飯。

「您好嗎？」我笑著跟阿美的女主人搖手。

「啊！是您呀！您好嗎？氣質卡應該長得很大了吧？」她高興的回問。

「我很好，謝謝您！眞是太巧啦！我今天還在問氣質卡，我們爲什麼那麼久沒看到阿美了呢？阿美有跟您來吃飯嗎？」我問。

我們就隔著桌子聊了起來。但我聽見的卻是關於阿美不幸的消息。

「去年，我們帶阿美到巴黎旅行。她一路都很健康，我們也根本沒感覺牠的身體有任何不適的狀況。」女主人面露傷感的說。

「直到我們駕車繼續往巴黎近郊旅行時，阿美突然開始在車裡不安的走來走去。我們以爲牠暈車，就趕緊停在一個小湖邊讓牠休息。不料，牠就這麼倒地不起……我們火速將牠送到巴黎的獸醫院，醫生告訴我們阿美的膽和肝出了問題，必須緊急開刀。但是還是沒能挽回阿美的生命……阿美就在巴黎離開了我們……」阿美的女主人眼裡噙著淚水。她在一旁的友人趕緊安慰她。

「這……喔……很抱歉聽到阿美的事……」我也快哭了。

「阿美眞的帶給我們很棒的回憶，牠是一隻超級可愛的狗狗。」阿美的女主人依然非常想念阿美。

「或許今天阿美在狗天堂，聽見氣質卡和我想到了牠，所以安排我們今晚見面吧？」我說。

「有可能喔，阿美如果是人，絕對是一個超級善解人意的女生。」阿美的主人覺得很安慰的說。

「不過待會兒，我該怎麼把這個消息告訴氣質卡呢？」我嘆了口氣。

「我剛正在和朋友商量，要再去動物收容所領養一隻小狗，阿美給了我們那麼好的養狗經驗，我們應該再養一隻狗；所以，氣質卡下回就可以跟新朋友一起玩亂跑囉！」阿美的女主人溫柔的說。

「哇！這個消息可能會讓氣質卡快樂的跳起來吧！」我笑著說。

後來，氣質卡和我在街上遇見了阿美女主人的朋友。她告訴我阿美的女主人出奇順利的領養到一隻很像阿美的狗，現在每天都很開心……

我喜歡阿美女主人的態度。她沒有因爲小阿美的離開，便怨聲載道的訴苦或一蹶不振，更沒說出「再也不養狗，只會讓人傷心」之類的喪氣話，反而再度發揮愛狗的心去動物收容所領養需要幫忙的狗狗。這就是眞愛，能得到這種愛的狗狗，眞是幸福！

或許，善解人意的阿美，安排我遇見牠的主人，又讓我有機會寫下這個故事。阿美的可愛心意，你也懂了吧？

第18課

LESSON 18

穿黃色衣服的好朋友

氣質卡有不少穿黃色衣服的好朋友，那就是：郵差。

很驚訝吧？在我們的印象中，辛苦的郵差不是常被狗追嗎？怎麼氣質卡會有郵差好朋友呢？我想會不會是有不少郵差是騎摩托車的關係？可能是摩托車的排氣管的聲音太吵，讓狗狗抓狂？然而，德國城市中的郵差，大多是騎單車或走路用手推車分送信件，所以沿途送信的行進速度都很慢。氣質卡只要一上街，就有機會遇見穿黃色制服的郵差，氣質卡就會纏著郵差，玩得不亦樂乎。

「啊！……哈哈，不要再舔我的臉啦！」阿珍是氣質卡第一位認識的女郵差。她總是面帶笑容的工作，常跟收信人家寒暄幾句。可能是她快樂的心感染了氣質卡吧，氣質卡只要一看到阿珍的黃色腳踏車就會發瘋似的朝她狂奔。而阿珍也會很高興的給氣質卡一個大擁抱！

「你們看來好像二十年沒見喔！」我開玩笑的說。

「哈哈！她可能是聞到我身上有狗的味道吧？我有帶一些狗餅乾，可以給氣質卡吃嗎？」阿珍問。

「氣質卡對一切吃的都來者不拒。」我回答。

氣質卡從此只要一出門，看到郵差，就會假設那就是阿珍小姐，接著就用那種二十年沒見的喜悅，跟陌生郵差打招呼。沒多久，氣質卡也就認識了不少郵差朋友。

「跟氣質卡說，我要調去別的區域送信囉！」有一天阿珍遇見我時這麼說。原來郵差會到不同的區域送信。真可惜，氣質卡一定會很想念阿珍的！

我很喜歡郵差們與氣質卡之間的友誼。在一個人與人之間有時很疏離冷漠的世界上，這是人和動物間最真心又美麗的互動。

Sarah

第19課

狗狗節育最佳時機

LESSON 19

到底該不該給氣質卡結紮呢？

我們的答案是肯定的，氣質卡應該要做節育手術。但是，問題來了，這結紮手術，該在氣質卡幾歲的時候做呢？

我開始在街上訪問不同的狗主人，想聽聽不同的想法和建議。

「我絕不可能在我的狗一歲前，也就是在狗狗第一次發情前就做結紮手術！」一位女狗主說了她的看法。

「爲什麼呢？」我問。

「狗狗也有感覺和感情！我希望能讓牠們感覺一次發情，這樣才人道啊……」女狗主很認眞的說出她的想法。

嗯……說得挺有道理。但是，又有其他狗主說這樣不好，因爲母狗發情的時候會有月經還會引來很多公狗的追逐。有位狗主說她的狗就是這麼一不小心，第一次發情時，狗狗跑開三分鐘，遇上了其他的公狗……接下來他們全家就得爲新報到的幼犬們找十幾個新主人。他們的狗幸運的全數送完，但之前獸醫接生的費用，加上按照法令幫小狗打預防針外加驅蟲的手續，確實花了這位狗主不少銀子。

也有狗主堅持不給狗結紮。他們認爲根本沒必要，因爲發情和月經，是狗狗生命裡自然會經歷的一部分，牠們應該有自主的權利。也有狗主表示，他們完全不忍心給自己的小狗做這樣的手術。

問了很多狗主，眾說紛紜。

有時，也會遇到從德國其他聯邦州來的狗主；他們自然又有不同的考量。

「您的狗幾個月大了呢？」一位身材高大的狗主問我。他牽著一隻高地牧羊犬。

「氣質卡快要六個半月大了。」我回答。

「那麼您沒有多少時間了；您得在母狗七或八個月大，第一次發情前就給她結紮。」這位戴著巴拿馬草帽的狗主說。

「您的理由是？」我問。

「我是德國南部山區的居民。有很多小狗在我們那兒，一出生到四個月大時就結紮了。因爲我們有很多獵犬和工作犬，如果不早點幫牠們結紮，第一，牠們會在發情時交配，這樣血親不就亂掉了？絕對不是好事；第二，牠們在發情期會打架，或許就不能專心完成牠們的工作。所以您問我，什麼時候是給小狗結紮的最佳時機？我覺得是現在。」文質彬彬的巴拿馬帽阿伯誠懇的說。

原來，狗狗生長的環境和牠們工作的內容，也會影響狗主人的決定。

我把我在街上蒐集來的不同看法和資料，和老德先生一起討論。

「按照時間來說，氣質卡還有大約四星期的時間就會有月經了，」老德先生很科學的拿起日曆來算時間，「如果現在不做結紮的準備，發情期就近了……」老德先生陷入沉思。

「我覺得問題的重點是：我們要讓氣質卡生小氣質卡嗎？」我提出疑問。

「妳的想法？」老德先生問我。

「我們的環境根本不適合呀！如果氣質卡生出十隻小氣質卡，我們的居住空間完全沒有十一隻狗活動的範圍。一定得像農莊女主人那樣的環境，才適合養那麼多狗；不然是一種虐待動物的作法！」我說出自己的看法。

「沒錯。那麼我們都認爲氣質卡該結紮。但現在只是時間的問題，獸醫都要預約，若不能在接下來的四週內排到手術時間，就得等第一次發情過後才能準備結紮的事了。」老德先生說。

唉呀，老德先生說得沒錯！我老是忘了，德國的醫生都得事先排時間，而且有可能會掛了號，還要等很久才排到呢。當晚老德先生決定，把我家附近的獸醫院全打電話連絡一遍，看哪家獸醫院可以排到結紮手術時間？

第二天，卻發生了可愛的事情！

氣質卡和我走在街上，迎面來了一隻拉拉，臉和身體都跟氣質卡長得一模一樣！氣質卡也看呆了，立即慢慢趴下，堅持要跟這隻拉拉玩，不肯往前走。

「我們的狗長得好像呀！」我對那位女狗主說。

「我剛看見您的狗迎面走來，感覺兩隻狗好像在照鏡子。」女狗主笑著說。她有著一頭金髮，穿著長統靴，身材高眺。

這時氣質卡已經跟這隻拉拉玩得很開心了。這兩隻狗實在長得太像，我差點快認不出哪隻才是氣質卡啦！

「您的狗幾歲了？」我問。

「兩歲。您的狗大約是六個月？」她問。

「六個半月。」我說。

「您的狗已經結紮了嗎？」這位女狗主突然問。

「哈哈！您怎麼知道我們這幾天正在爲這事傷神呢？」我大笑著說。

「因爲我猜想您是否也是和我當初一樣，不知何時該幫狗狗結紮？我的建議是：現在。」金髮女狗主很肯定的對我說。

金髮女狗主還跟我分析，母狗在第一次發情前結紮的許多好處。

「您有相熟的獸醫，可推薦嗎？」我問。

「我的狗做的結紮微創手術，傷口小，復原快。我們是請一位很有愛心的女獸醫做的，我願意爲她掛保證。」女狗主大力推薦。

既然那麼巧，老天派了另一隻拉拉信差來解決我們正在煩惱的事，就讓我們試試這位獸醫吧。我們打電話去預約時間，很幸運的排上了。而且經過檢查，氣質卡還沒有要發情的跡象，所以可以立即做結紮手術。

手術很順利。氣質卡回家頭兩天，痲藥未退，昏昏的站不住，還吐了兩回。第三天，她便完全生龍活虎，甚至還想把保護她傷口的維多利亞頭套甩掉。第六天，我給氣質卡拿掉維多利亞頭套，穿上可以蓋過傷口的長襯衫，防止她舔傷口。第十天，氣質卡和我們似乎都忘了她剛做過結紮手術。第十二天，拆線。氣質卡的肚子上，只有一個小小兩公分的紅斑。

沒多久，春天來了，和氣質卡走在街上時，聽到不少狗主對我說：

「請別靠近我的狗……牠在發情！」
「如果您的狗也是母的，快離開！我家的公狗在發情期！」
「要小心！您家的狗是母的嗎？我家的公狗現在很『嗨』，最好保持距離！」
「我家的狗最近在『嗨』，脾氣不穩定，再等兩星期才能和氣質卡玩亂跑喔。」

狗主們都會在這段春之「嗨」期，相互提醒警告，時時知會其他狗主要小心，別隨便「中標」。氣質卡和我，也都很配合的避開這些滿「嗨」的狗狗們。不過，氣質卡依然不寂寞，她還是可以和跟她一樣再沒這方面困擾的狗朋友一起玩。

可是，當大多數狗狗在春天的熱烈發情期過後，最讓我感到有趣的事是，許多狗主會告訴我說，他們的狗心情不好，不想和其他狗狗玩。我看到那些原本很活潑的狗，有些眞的一副鬱鬱寡歡的模樣。怎麼會這樣？問其究竟，竟然是狗狗在「嗨」過之後，一些母狗即使沒交配，也想像自己懷孕，肚子裡有了小狗狗！通常假性懷孕期也是兩星期左右。

氣質卡在她第一次發情前就完成了結紮手術。我們覺得這是一個很好的決定。

第20課

LESSON 20

貼心友善的狗牌辦公室

氣質卡的狗項圈上，必須且一定要戴狗籍牌。這個重要的狗籍牌表示氣質卡是隻合法的狗。如果沒戴狗籍牌，很可能會被秩序局罰款。

可是，就在這天散步之後，氣質卡的狗籍牌遺失了！

「早上出門遛她時，還在呀！」老德先生說。

「我也是一直到快到家門口時，發現氣質卡的項圈上空空的，連網路尋犬登記牌也不見了……」我說。

「我們要不要再回去散步的公園找找？」老德先生問。

「我找了兩遍，都沒有。不過，我在公園遇到一位狗主先生，他說如果眞的找不到，可以去拿一個新的。」我說。我已經練就，只要有什麼關於狗狗的事，就找一位狗主人問問，一定可以幫忙解答。

「是嗎？手續很複雜？」老德先生問。

「不會。他說只要到專辦狗狗繳稅、申請狗籍牌這種單位的辦公室就行了。馬上辦，馬上領。」我回答。

第二天一大早，氣質卡和我立即就到狗牌辦公室去登記補發狗籍牌。辦公室在二樓。氣質卡一路在樓梯上聞來聞去。我看了門上標示的辦公室單位，確定是在這兒辦所有關於狗狗的事後，敲了門。

「請進。」有人從裡面喊。

我開了門，氣質卡一「狗」當先，衝進門內。

「請問這是誰呀？」狗牌辦公室的一位女職員笑著說。

「牠還是幼犬，很愛玩對吧？」坐在女職員對面的一位先生說。我肯定他還沒吃早餐，因爲他正端著紙杯咖啡，配著奶油麵包。

「她是氣質卡，我們來這兒是因爲……啊～喂！氣質卡！」我還沒說完，氣質卡竟掙開狗繩，跑去另一間辦公室找人玩了。

「沒關係，這個辦公室裡的人，應該都不討厭狗。」女職員笑著說。

我聽到隔壁辦公室裡的同事們，開心的跟氣質卡玩了起來。

「昨天我帶氣質卡出門，回家後發現她的狗牌不見了。聽說可以再申請一個，對吧？」我說明來意。

「沒問題。請告訴我，您的狗主姓名。」女職員要用狗主姓名來查氣質卡的檔案。我報了老德先生的名字。

「這是您的先生嗎？那麼，我昨天就已經將氣質卡的狗籍牌寄給您囉！」女職員一聽老德先生的名字就這麼說。

「是有人撿到嗎？」我驚訝的問。

「是呀，一位狗主說他在公園撿到狗牌，他拿過來這兒。我們就在當天下午寄還給您了。」女職員說。

「哇，您們的效率太好啦！」我高興的說。

「這兒常有送來招領的狗籍牌。狗狗跑來跑去的玩耍，難免會遺失。我在寄回的狗籍牌上，替您換了較堅固的鐵圈，這樣就不會輕易遺失了。」好心的女職員說。

「眞是謝謝您！」我說。

「您的狗對這罐子裡的東西很感興趣喔。」正在喝咖啡的男職員說。

原來氣質卡又逛回來這間辦公室，正纏著男職員玩。我看見氣質卡一直往桌上的狗飼料罐子聞。男職員拿出一個小骨頭餅乾給氣質卡吃，氣質卡當然高興的還要第二塊。

「不行，不行，我們得回家囉！」我阻止氣質卡的貪吃舉動。

「拉拉很貪吃哩！氣質卡，妳要小心控制體重喔！」男職員搞笑的叮嚀氣質卡。

哈哈！這樣的狗牌辦公室可眞有趣。服務挺貼心的嘛！不過，一定要對狗有愛心才會想出各種方法來保護牠們吧？

氣質卡，我們快回家等妳的郵差朋友。妳的氣質狗牌馬上就會寄到囉……

第21課

LESSON 21

偷吃是天生的氣質

這兒說的「偷吃」，就是偷吃；不是什麼限制級的事。

氣質卡眞的如同狗牌辦公室男職員所言，越來越貪吃！不過，這是我們預期中的事，拉拉是很喜歡找東西吃的狗。想想看氣質卡的祖先，生活在寒冷的地方，每到冬天，都得與嚴寒和有限的食物搏鬥，所以他們的基因之中就有這愛吃、貪吃的氣質，不然，根本沒辦法在低溫的大自然中存活下來呀。

可是，氣質卡根本不了解，她現在的生活環境，有老德先生秤好的飼料包，有我爲她打掃身體清潔和環境，有適當的運動，晚上睡在她溫暖的狗窩……氣質卡根本不需要跟什麼大自然搏鬥嘛！簡而言之，就是氣質卡的體重要控制，不能走天生的貪吃氣質路線，這是我們完全不可以妥協的事。

「您的狗也是鬥犬嗎？」一位拉拉的狗主搞笑的問我。

「鬥犬？不是呀……您的意思是？」我不解的問。

「我的拉拉是一隻不折不扣的鬥犬：每天晚上，總是跟我『鬥』，看誰先搶到沙發的好位置。」狗主開玩笑的說。

「哈哈！您是在說這種『鬥』呀！」我聽了快笑翻。

「還有，吃飯時也會跟我『鬥』，看我會不會輸給牠水汪汪的大眼睛，分些食物給牠吃。」這位狗主繼續搞笑。

「照您的邏輯，我的狗也是一隻兇猛的鬥犬哩！」我說。

「但是，您要小心控制拉拉的貪吃，牠們可是天生的『吃東西機器』。」這位好笑的狗主說。

「我一定把您這句話帶給我老公，感謝提醒。」我也笑著回應。

氣質卡在餐桌邊，跟老德先生『鬥』意志力時，堅強嚴謹的老德先生經常敗陣，違反不可在我們吃飯時給氣質卡食物的規定。這方面我可是很嚴格，氣質卡『鬥』不過我。但是，我也有弱點，氣質卡只要在我做菜時，乖乖坐在她的狗碗前，一副默默等待食物飛進狗碗的表情，我就會完全忍不住，把一些好料放進她的狗碗，偷偷跟氣質卡分享一下。

貪吃的氣質卡，只要有機會就吃。比如，上露天市集去買菜，她會祭出水汪汪的大眼功，來迷惑菜攤主人。

「可愛的氣質卡，來，吃片香腸吧！」肉攤主人很快注意到氣質卡，接著給她一片好吃的德國香腸。氣質卡練就了接香腸的神準功力，一片香腸連接帶吞，不到千分之一秒。

「氣質卡！妳怎麼長那麼快喔！又比上回長高好多喲！」賣生菜的阿嬤最喜歡氣質卡，「快來吃新鮮的生菜，妳看，這是妳最愛的生菜葉。」生菜攤阿嬤眞的扒了新鮮的沙拉菜給氣質卡吃。

氣質卡也像做秀一般，把多汁的新鮮沙拉菜三兩下就呑下肚。只要氣質卡一吃蔬菜，菜攤主人就會說：

「您的狗眞可愛，很少狗喜歡吃蔬菜哩！」

氣質卡因爲個性長袖善舞，只要上街就可以一路吃，有時甚至還「外帶」別人送的蔬果香腸回家；鄰居都開玩笑說，哪天我只需要給氣質卡背上背包，裡頭放上錢，我不用出門，派氣質卡去採買雜貨就可以了！哇！這怎麼行啦！我的八卦形象及風頭眞的被氣質卡搶去不少！但是氣質卡就是這麼會交朋友，沒辦法呀。

以上是氣質卡貪吃的好處。貪吃的壞處，除了發胖，還讓氣質卡開始學會去廚房偷吃。因爲氣質卡還沒長得太高時，我都比較不擔心廚房的東西會被她吃到。但是她越長越高，只要用後腳站立，廚房桌上的食物就可以被她一掃而空。雖然我們常把桌子收得很乾淨，但並非萬無一失。

氣質卡偷吃的紀錄不少，其中有兩次是這樣：

一次到鄰居家做客，氣質卡偷跑去廚房，火速連呑九個純麥圓麵包！因爲她太不動聲色，我們都沒發現。直到鄰居太太要拿出自製的手工麵包當晚餐招待我們時，才發現剛烤好的麵包不翼而飛！氣質卡則坐在一旁擦嘴舔舌……這

Sarah

太離譜啦！氣質卡偷吃的還不止是九個大麵包喔，還外加一罐新鮮蜂蜜！氣質卡把一旁的玻璃蜂蜜罐打破，然後把整罐蜂蜜也舔個精光！

全麥麵包和蜂蜜在氣質卡的小肚子裡，起了大變化。氣質卡開始狂喝水，之後開始狂吐！我們則在旁邊一起數，她現在已經吐出第幾個全麥麵包啦？一、二、三……六、七……還有兩個麵包在她肚子裡……唉～這次之後，連鄰居都會小心氣質卡的偷吃行爲。大家不是怕她吃，而是怕她會脹到生病。

還有一次，公公從阿根廷回來，帶了眞正美味的阿根廷牛肉燻火腿給我們。硬硬的一塊燻火腿一定一定很好吃喲……我將密封的火腿擺在廚房的料理檯上，準備晚上就把它用來下酒入菜。不過，現在先到客廳跟大家聊天吧。大家聊著，聊著，咦？我突然覺得氣質卡會不會太安靜了點兒呀？通常只要大家在客廳，她也會湊在一旁，吵著要跟我們玩。這有點不尋常喔，我得來去看看氣質卡在做什麼？等我走到廚房一看～啊～！氣質卡！妳在做什麼呀？這時已經太晚了，氣質卡已經把一整磅的火腿吞到完全不剩啦！哇！媽媽咪呀！她連密封火腿的塑膠包裝袋都吞下肚啦！

因爲火腿是鹽醃後再風乾的燻牛肉，非常鹹，狗狗的腎功能根本不能承受這樣的鹹肉，於是氣質卡連續不停喝了五公升水，肚子快速鼓得像個快爆掉的大氣球！這時我們都急了，氣質卡也難過到站也不是、躺也不對，滿臉痛苦的表情！我們正想將氣質卡送醫時，她卻開始發出很大的打嗝聲，「哇～！」的一下，接著氣質卡就一直不停的狂吐……吐出一大堆與吞進去前長得一樣的一塊塊火腿！哎！媽媽咪呀！還好，貪吃的氣質卡將火腿和包裝塑膠袋全都吐了出來，要不然她就得到醫生那兒去瞧瞧她鼓鼓的「火腿肚」囉。

氣質卡是隻快樂的貪吃狗；我們做主人的，有責任絕不能對氣質卡這個天生習性稍加放縱……

第㉒課

萊茵河初泳驚魂記

LESSON 22

氣質卡是一隻個性很認眞的小狗。可能是受了老德先生的影響吧？因爲，氣質卡從小就吃老德先生秤好的飼料包；嚴守睡覺和玩耍的時間；上狗學校學習禮貌。於是，有嚴謹生活作習的氣質卡，據我從旁觀察，她跟老德先生都很有那種把事情貫徹到底的決心。這種決心，如果氣質卡是人，她一定可以做大事，比如：革命一定會成功，做研究會有新發現，當藝人會有新創意，做運動一定可以出國比賽。

我會這麼說，絕不是因爲氣質卡是我的狗，就處處讚揚她，而是有好幾次被氣質卡貫徹執行的精神給嚇到啦！

先說一例，那是帶氣質卡去萊茵河游泳的故事。

我跟老德先生說，天氣已經開始暖和了，或許我們應該帶氣質卡去萊茵河游一游她的處女泳？那天是個初春的豔陽天，不熱不冷，正是游泳的好天氣。我們先來到萊茵河的小河岸邊，那兒通常聚集了不少天鵝。今天也不例外，一群肥肥的、羽毛潔白的天鵝正在岸邊玩。

本來還想跳進河裡踩水的氣質卡，一看見天鵝，嚇得躲在老德先生身後。因爲天鵝曾追咬過氣質卡，所以她一看見天鵝就馬上提高戒心。

「那我們到河另一邊的沙岸去玩吧，那邊沒天鵝。」我建議。

「確定要讓氣質卡游那邊的河道嗎？」老德先生有點猶豫。他從小就在萊茵河邊長大，知道看起來美麗的河岸可能暗藏危機。

「今天水位不高啦，應該沒問題。」我說。

經過短路老婆的鼓勵，我們來到對岸的白沙岸邊。氣質卡在這兒眞的玩得好高興！她會到沙岸的積水小水塘撿樹枝，拖上岸又跳下水去撿，似乎對游泳還滿有信心。過了一會兒，她就跳進眞正的河水中，先來個載浮載沉，小游一下就趕緊爬上岸，抖抖身體。

「哇！一根好長的樹枝呀！」我喊。我看到河中有根很長的漂流樹枝，我想氣質卡可能會想撿吧？果眞，氣質卡一見長樹枝，就用她最青澀的泳技，一股腦兒跳進萊茵河，朝河水中的長樹枝游去。但樹枝被水流越滾越遠，越來越靠近河道中央，氣質卡不放棄，繼續跟著樹枝游，並且咬住了樹枝。

我開始心跳加速，手腳發抖，心想：萊茵河是一條湍急的河，河道中有過往的船隻，深深的河中央更有不少暗流；小小的氣質卡怎麼那麼大膽呀～！我這當主人的怎麼那麼大意呀～！更讓我害怕的事情是，當氣質卡咬住樹枝想往岸邊游時，一艘很長的運輸船又剛好行駛經過，讓河水生了浪花，一波波的浪襲來，讓本來已朝岸邊靠近的氣質卡嗆到了鼻子。我看到這個游泳生手快不能呼吸的掙扎表情。

「氣質卡～！快放掉樹枝！啊～放掉呀！」我急得叫起來。氣質卡！妳眞是急死人呀！都快滅頂了，幹嘛還咬住樹枝不放呀？

氣質卡此時就是堅持不放掉咬住的大樹枝，即使她已經快被河底的暗流給捲下水去了！氣質卡拚命用力的往上游，讓頭露出水面，這時，我們看見載浮載沉的氣質卡，她嘴裡居然還是咬著那根大樹枝！

可是氣質卡怎麼奮力的游都在原地不動，嗚～嗚～嗚～，氣質卡這時也害怕的哭了起來。

「看在上帝的面子上，拜託妳，放開樹枝，游～回～來！」我這時邊喊邊衝向水邊。

老德先生比我還緊張，馬上要跳進河裡救氣質卡了。

這時，說也奇怪氣質卡可能看到我們都要向河裡衝過去，她一鼓作氣，挺過一個浪頭，用盡全力游上了岸。

「哇～！氣質卡！妳要把我嚇昏啦！」我大叫。

只見上了岸的氣質卡，對我們搖搖尾巴，嘴裡竟然……還咬著那根大樹枝！

「你們眞是太不小心啦！那邊的暗流湍急，不知淹死過多少狗和狗主人，竟把第一次游泳的氣質卡帶去那邊！」婆婆責備我們。氣質卡因爲河水太冷，有點小拉肚子。

「眞的嗎？哇，我不知道這麼可怕……」媳婦一回想起當天的情景，還是有些腿軟。

「不過，氣質卡會不會個性太強？快要被水沖走，還是咬住大樹枝不放？」婆婆問。

「或許是這根大樹枝救了她？她可以藉大樹枝浮起來。而且，也有可能是，她想把大樹枝拖上岸的堅持，救了她。」老德先生爲氣質卡辯解。

我想，最了解氣質卡的人，是老德先生。反正，那種思考方式，就是：我咬到了河裡的大樹枝，我要負責把它拖上岸，就對了。

不論如何，氣質卡的初泳驚魂記，只要氣質卡沒事，就好。

第㉓課

雪人鼻子失竊記

LESSON 23

氣質卡的初次雪人體驗，眞讓我快笑岔氣！

事情是這樣的：

氣質卡第一次見到天上飄下白白的雪花時，就像所有世界上初次體驗下雪的小狗一樣，很認眞的邊跳邊咬雪花玩。但當這些白白的、輕飄飄的東西一咬到嘴裡，卻馬上消失得無影無蹤時，氣質卡往往一臉莫名，歪頭想了半天之後，接著繼續去追更多的雪花。以至於每一趟雪中散步後，她總是累得氣喘吁吁。

雪下得更大後，雪花變成了厚厚的積雪，氣質卡又開始玩起踏雪吃雪，甚至來個雪地發瘋大亂跑！只見她一下用棒球滑壘的姿勢在雪地裡急煞車，身後激起一陣雪浪，並讓自己的鼻頭和頭頂沾滿了雪和冰之後，又立即來個「前後腿旋風刨雪」秀，把站在一旁快要凍昏的我濺得一臉一身雪！

我當然不是唯一下雪還得遛狗的人，於是，在有著厚厚積雪的公園中，遇見其他狗主時，大家都樂於聊聊自己的小狗初次看見下雪的好玩故事。

「小狗都是這樣呀！雪地跑起來跟平時的感受不同，又鬆又滑的白雪，狗狗最愛啦。」一位女狗主跟我說。她一歲半的狗正和氣質卡在玩雪地瘋狂亂跑。

「牠們跑那麼高興，不怕冷嗎？」我假裝發抖的說。

「哈哈！越冷越要跑呀！您沒看牠們都熱得吐熱氣白煙啦！」其他狗主笑著說。

真的沒錯，所有的狗都從嘴裡「哈哈哈」的吐熱氣，看來這種狗遊戲一定玩起來很爽快吧？

這時，有不少狗狗往公園的一角跑去，不知圍在那兒做什麼？

「為什麼狗都跑過去那邊啦？」我問。

「剛有幾個年輕人堆了個很漂亮的雪人，狗狗們很好奇。」一位狗主回答。

原來公園中有人堆雪人玩。啊？雪人？好奇的我也要去看看。

只見一堆狗狗圍著大雪人左聞右聞。在陽光下很耀眼的大雪人跟眞人一樣高，戴了頂黑色高筒帽，圍著一條紅白相間的舊圍脖，張開的雙手是兩枝櫻桃樹的乾樹枝。微笑著的嘴是核桃殼排出的線條，而雪人英挺的鼻子，則是一根超新鮮的紅蘿蔔。

「眞是一個英俊的雪人呀！」我讚嘆的說。

「這幾天夠冷，雪人好幾天不會化。只要狗狗別太過分……」一位狗主笑著說。

過分？我正要問是什麼意思時，就看見身型較高大的狗狗們開始抬起後腿，牠們竟對著雪人撒尿啦！一堆狗撒過一輪尿之後的雪人肚子，出現一圈一點一點的褐色斑點。

「還好氣質卡是女生，不會做這麼沒有美感的事。」我對旁邊的狗主說。

「是呀！母狗又乖又順從，您看我家的小女生也不會去破壞雪人。」她也很搞笑的說。

咦？氣質卡呢？她剛剛不是還圍著很高的大雪人左看右看嗎？現在跑到哪去啦？

我回頭找氣質卡，只見她坐在公園另一頭，面對著雪人的方向，盯著雪人看。可能是沒看過雪人吧，氣質卡很害怕？不過，看氣質卡盯著雪人很專心的眼神，感覺她好像在思考什麼事。

「氣質卡，不要坐在雪地上，妳會肚子疼！快過來，準備回家囉！」我對著氣質卡這麼喊著。

但氣質卡並不理會我的呼喚，她依然豎著耳朵，專注的從遠方看著大雪人。就當大多數的狗都離開雪人旁時，氣質卡突然一個起跑，往大雪人急速衝過去。

「氣質卡～妳幹嘛～？」我想阻止她，卻根本措手不及。

只見氣質卡就在快接近大雪人時，一個挺腰跳躍，雪人臉上的紅蘿蔔霎時消失，雪人的鼻子不見啦！

「啊～呀！」我趕緊去追偷襲了雪人鼻子的氣質卡。但她已經咬著紅蘿蔔跳進樹叢，開始享用她最喜歡的新鮮紅蘿蔔。

其他的狗主都不相信親眼看到一隻小拉拉用這種方式拿紅蘿蔔，大家先是一陣驚訝，接著都紛紛大笑起來。我則是當場糗到從臉紅到腳跟！等我終於把氣質卡揪出樹叢時，雪人的鼻子連鼻根都不剩啦！

「可憐的雪人沒有鼻子了，氣質卡，妳說這怎麼辦？」老德先生晚上回家聽到這故事時，問很喜歡吃紅蘿蔔的氣質卡。

「這隻小狗眞是太離譜了！她居然知道雪人太高，她太小，還想出用跳躍的方式去拿紅蘿蔔！」我指著擺出一副事不關己表情的氣質卡說。

「那我們一起去還給雪人一個鼻子吧！」老德先生正經的說。

吃完晚飯，我們帶著紅蘿蔔一起到公園，還給大雪人一個鼻子。月光下的大雪人看來很高興又有了鼻子，氣質卡也在大雪人旁邊享用了她自己的紅蘿萄。

氣質卡初遇大雪人的故事，看來很童話吧？但氣質卡嚴謹又有計畫的狗狗思維，才真讓我們大開眼界。

第24課 大樹枝蒐集狂

LESSON 24

氣質卡另一件讓我們驚訝的舉動是：超愛撿大樹枝。

她太喜歡撿又長又大的樹枝，以至於公園裡的園丁大叔們都認識氣質卡。我最怕到了公園，剛好是大樹修剪日（每三個月，換季前後，公園的園丁大叔都會把大樹修剪一遍），只要一遇到園丁大叔們在修剪高大的古樹，氣質卡就會突然像腳黏到瀝青，根本拖都拖不動！氣質卡盯著樹上的園丁大叔，像個忠實的「樹枝粉絲」般，坐在園丁大叔修剪高樹木的起降機前，癡癡等園丁大叔砍下她最愛的大樹枝玩具。

氣質卡如果撿到中意的樹枝，一定會堅持要帶回家。什麼是「中意」的樹枝？氣質卡有一套神秘的挑選標準，至於這套標準的內容，我們可能永遠不得而知。但是，樹枝基本上要長過她身長兩到三倍（有時超過兩百公分），要夠渾圓（太細的樹根會立即被她咬斷），樹枝要很有分量、很重，太輕的沒挑戰性。

那麼，如果有兩根粗細差不多，又一樣長的樹枝，氣質卡會如何抉擇呢？首先，她會把兩支樹枝前後聞來聞去十幾遍，清理一些樹枝上的小雜枝後，再來挑一根帶回家。那挑選的標準呢？我們也無從得知。反正氣質卡選定了，就是一定要帶回家。不准她帶樹枝，她就會咬住狗鍊把我們往回拖，一直到我們同意讓她拿樹枝回家爲止。

但太長的樹枝，會有刮傷路旁車子和行人的危險。老德先生就自行決定，把氣質卡選定的樹枝折半後再帶回家。有時老德先生折得太過頭，樹枝斷成幾截，再也不符合氣質卡的長度要求，她會氣得立刻拂袖而去；反之，則叼起大樹枝，用小跑步的速度往回家的方向衝。

氣質卡也是隻挺愛秀的小狗，如果在叼樹枝回家的路上，遇到對她露出讚

美之詞的陌生人（其實不是讚美氣質卡，是在跟我們開玩笑說，你家的狗已經在準備過冬的柴火啦？），氣質卡就會特別停下來，靠近說話的路人，一直搖尾巴，她會等到路人對她說：「妳眞自豪自己的大樹枝吧！」氣質卡才會帶著驕傲的笑容，轉身繼續往回家的方向走。她這可愛的舉動，總引來路人一陣大笑！有時，氣質卡咬著樹枝、搖著屁股的背影，連我們也會被逗得好氣又好笑哩！不過，奇怪的是，我們從沒教過氣質卡要做這些舉動，她好像天生就會演這場樹枝自豪秀。

氣質卡的腦中，眞的殘留著她阿公或阿嬤的生活記憶嗎？

「我的獸醫有跟我解釋過，狗喜歡樹枝的原因。」常在公園遇見的一位女狗主說。她的黑色拉拉和氣質卡是最好的「亂跑」玩伴。

「眞的嗎？願聞其詳。」我很有興趣的問。

「因爲狗在古時候都得像狼一樣搶生肉吃，那就得從動物屍體的骨頭上撕扯肉下來吃，對吧？所以，狗就在身體的基因中有了這樣自然的反應：有骨頭，就有肉。」黑拉拉女狗主說。

「請問一下，這跟大樹枝的關係是？」我聽了她的解釋，反而更糊塗。

「現代的狗，不用搶食了。骨頭也不是牠們會常看見的食物，但牠們對骨頭的記憶還很深，就把樹枝想像成是骨頭啦。氣質卡就是把樹枝看成骨頭在咬嘛，越大的樹枝，就是越大的骨頭。」黑拉拉女狗主很耐心的繼續說。

「嗯，我覺得妳這麼說很有道理。因爲氣質卡如果撿到中意的大樹枝，絕對不會丟棄它；如果遇見其他的狗，她也不會讓其他的狗搶她的樹枝。」我說。這時在我腦海裡，把氣質卡叼樹枝的畫面都想像成她是自豪的咬著一根特大號加長的XXL骨頭，有時要是其他的狗靠近氣質卡，她一定把樹枝咬得更緊，絕不鬆口。

「不過，這也不大對。」黑拉拉女狗主突然說。

「怎麼說？」我不解的問。

「氣質卡撿的大樹枝都很誇張的又大又長，難道她的祖先是吃恐龍肉嗎？」黑拉拉女狗主搞笑的說。

哇哈哈！氣質卡看大樹枝，是如同看到恐龍骨頭？哈哈哈！我們眞是笑成一團，上氣不接下氣啦！

氣質卡撿回家的大樹枝，我都替她插放在一個大甕中。有時下大雨，氣質卡不能出去玩，她會去選一隻「恐龍骨」來啃一啃。但大多數的大樹枝都沒再被氣質卡啃過。這些古樹上的大樹枝，看來很有時間的感覺，木頭離開樹林變乾燥之後，竟有些古樸的美感。或許，氣質卡是隻有藝術家性格的小狗，她選的古樹大樹枝，都很漂亮哩！

我們猜氣質卡撿大樹枝，是天性使然？也或許是眞的肚子很餓，想吃有如恐龍骨頭的大樹枝？不論如何，每回當我們看到氣質卡快樂的向所有陌生人友善又自豪的秀大樹枝時，就覺得這天眞的氣質舉動，確實又珍貴又可愛。

第25課

LESSON 25

氣質卡的度假旅館

老德先生和我都愛旅行。老德先生在決定養狗前，最擔心如果我們出門旅行，誰來照顧我們的小狗？但我們現在已經有了氣質卡，就得面對這件事。什麼事？就是我們旅行時，該請誰照顧氣質卡？

「短期的，我可以。」婆婆說。本來對狗完全不喜歡的婆婆，現在已經被氣質卡完全收服。

「短期的是幾天？」媳婦回問。

「一星期之內都還行，畢竟我們也有自己的事要做。」婆婆不忘在釋出善意時，順便維護自己的權益。

「哇！一個星期？我還以爲妳只肯幫忙三天哩！這樣就太好啦！」媳婦高興的拍起手來。

「你們要去旅行？什麼時候？」婆婆看我那麼高興，以爲我們又要出門去玩了。

「沒有呀，先問一下妳的意願，以後需要幫忙就找妳呀。」未雨綢繆的媳婦說。

「媽媽說有時可以幫忙照顧氣質卡一星期。」我告訴老德先生。

「那麼如果我們要出門兩星期呢？還是得找狗旅館。」老德先生總是比我想得遠、想得細。

「德國那麼多愛狗人，應該不缺狗旅館吧？」我問老德先生。這方面我完全不了解。

「有分私人照顧和狗旅館兩種。狗旅館就是跟其他狗一起在大犬舍中度假。私人照顧的，就是在家裡。」老德先生簡單分析了一下。

做事超認眞的老德先生，竟爲了我們三個月後的度假計畫，現在就開始蒐集度假狗旅館的資訊。眞犀利！他列印出蒐集好的各家狗旅館地圖，準備要一一去評估。看完老德先生的資料，才知道德國有很多種不同的狗狗度假寄養服務：

私人的：在家中照顧。按照寄養狗的生活習慣，照顧每一隻狗。有些私人寄犬服務，同一期間只接受一隻狗的寄養。這種寄養最受歡迎！因爲大部分狗主都希望自己的狗是被獨一無二的照顧著，這種服務在價格上比較貴。也有一次可能接受四至五隻狗的寄養。

犬舍型：這種犬舍可以接受比較多的狗寄養。一般的是讓狗一起睡、玩耍，但現在有不少寄養犬舍推出「豪華犬舍」寄養服務，這種犬舍是每隻狗一間小屋子。小屋子有活動的門，小狗可以隨時進出自己的房間。房間外是小狗獨立的花園，絕不會跟其他小狗混雜。每天下午有馴犬師來幫小狗做戶外活動、玩耍。在小狗被領回家前，還會做全套的洗澡美容服務。

機場度假寄犬：因爲德國人喜歡做些短期的鳥爾勞布。而且，新年假期返鄉過節的上班族，也很需要有人照顧他們的寵物。於是，德國這種機場附近的度假寄犬服務，應運而生。度假者只消把狗在登機前，送到預約好的、在機場周遭的寄犬中心，就可以到機場登機度假去。度假回來，一下飛機，就順道至附近的犬舍接愛狗回家，不需要再另外花時間舟車勞頓，到離機場很遠的犬舍去接狗回家。這提供了短期度假的德國人許多方便。

嚴謹的老德先生，當然不會隨便就把氣質卡送去給陌生人寄養，我們會事先去看看環境。幸好有這麼做，因爲有些寄養犬舍的環境，或許跟狗狗生長的環境差太多，不是狗狗不能適應，而是我們想起來會讓自己不開心。比如，有一個寄養服務家庭的女主人，她是個菸不離手的人。我們雖然不必理會那位女士的個人生活習慣，但當我們離開她家時，全身上下都是菸味！就連氣質卡的身上也有濃濃的菸味哩！這時，不抽菸的我們，就很難把氣質卡交給這位女士照顧。即使是短期寄養，多數德國人也

很著重寄養環境的品質。狗主們更會互相推薦或品評犬舍的服務品質。

後來，我們發現氣質卡最喜歡的度假寄養地點，仍是農莊女主人的牧場。那兒有氣質卡的媽媽，還有她的兄弟姊妹。每回度假回來去接氣質卡，都發現她變壯了。牧場上的馬朋友、羊朋友、雞朋友、小貓朋友和狗狗玩伴，都讓氣質卡每天玩得不亦樂乎！

氣質卡很開心的度假，我們也很安心的旅行。這互相放心的感覺，是身爲一個狗主對待你的狗最基本的態度。

第26課

LESSON 26

狗狗的高貴保養品

朋友從蘇格蘭寫電郵給我：

「艾德生病了（華娟註：艾德是朋友養的三歲小虎斑貓）。病因未明，體重持續下降。幾個月前，牠還是隻需要減肥的虎斑貓；現在牠瘦到令人擔心、見了老鼠都會怕的程度！我們昨天帶牠去看了醫生；醫生給艾德剃了頸上的毛、抽血，驗血結果大概兩星期之後會出來。到時我們才知道，我們的大愛貓艾德先生，爲何會變這樣？獸醫帳單，比艾德的體重下降更讓我們血壓飆升！確實嚇了我們一大跳！我老公說，爲了艾德，我們不得不加班了……」

我回信說：

「親愛的妮可：我深深了解你們的心情！寵物病了，眞讓人擔心！但德國的獸醫收費和蘇格蘭一般，令人血壓上升的威力，超級不相上下！氣質卡前些天去清理耳朵，醫師問診費：十二點五歐元；清洗兩耳的藥：八點五歐元；清理左耳的強力耳垢藥：六點五歐元。再加上拿回家繼續自己清洗的藥：二十五點五歐元……氣質卡前些日子在玩耍時，勾到自己的狼趾，撕裂的腳趾血流不止！去醫院消毒：十二點五歐元；抗生素針：五歐元；包紮費：六點五歐元；氣質卡穿在包紮繃帶外的小鞋子：五歐元；獸醫問診費：十二點五歐元……總共去了三次獸醫院，包了三回狼趾，加上抹的藥、吃的藥……唉，還是別再說下去，我現在眞希望氣質卡也可以加班，出門去替我們挖公園中的古代金幣啦！但！千金都抵不上我們可愛的小艾德與現在又肥又壯的氣質卡，不是嗎？希望小艾德快復原，健康起來！」

其實，德國的獸醫收費昂貴，已經是很出名的事。因爲德國的人力昂貴，藥品價格也不低廉。在德國，爲母狗結紮的費用是四百五十歐元。這些相關費用，狗主必須要全額負擔，沒有任何保險或補助。但是，即使費用很高，德國人依然不會省這樣的錢，就不帶寵物上醫院做必要的檢查。就拿打預防針來說吧，狂犬病是法定必打的狗狗預防針。雖然狂犬病已在德國銷聲匿跡，也有不少人質疑打狂犬病預防針的必要性，但是隨著歐洲邊境的開放，有許多緊臨的東歐國家在狂犬病的預防上做得並不好，狂犬病有可能隨著偷渡犬隻危害到德國境內的狗狗，所以德國人還是會很守法的帶狗上獸醫院注射三合一疫苗。

「是狼趾受傷嗎？」一位狗主問我。他看見氣質卡受傷包紮的腳。

「是的。您怎麼知道？」我說。

「有養狗的人都知道小狗有個沒用的狼趾，雖然沒用，但受傷了，上獸醫那兒去治療還是挺貴的。」這位狗主搞笑的說。

「哇！您所言不虛！已經前後去三次換藥包紮了！」我說。

「其實，狼趾撕傷，大概是十天可以好。」這位狗主很有經驗的說。

「嗯，明天就可以去拆包紮了。算一算，眞的第十一天哩！」我說。這位狗主還眞靈。

「小狗受傷，還是去醫院消毒比較好，萬一不小心，傷口感染了就會花更

Sarah

多醫藥費。」狗主好心建議。

講到這兒，這位狗主與老德先生是抱持同一種想法。德國人絕少會對寵物的傷口視而不見。而且，如果你沒上獸醫那兒檢查，狗狗出了問題，每個人都會怪你粗心大意，並質問你：爲何不上獸醫那兒去！

「我強烈推薦這位獸醫給您！」常常在散步時遇到的一位女狗主對我說。

「好呀！您有這位獸醫的資料嗎？」我問。我最喜歡在遛氣質卡的時候，跟其他狗主八卦聊天了。

「這位獸醫您不能錯過！人超好！對動物有愛心！您絕對不能去XXX開的獸醫院，太可怕啦！」女狗主誇張的說。

另一位男狗主推薦的是另一家獸醫院。「這家的獸醫，專業，不囉嗦，不強迫推銷藥品。您不要去別家，您看我的狗，已經六歲了，沒生過什麼病。這位獸醫會告訴您最好的狗狗保健方法！」他馬上掏出那家獸醫院的名片給我。

沒多久，我已經蒐集很多不同獸醫院的名片了。我覺得眞有趣，每位狗主對不同獸醫的評價都不同。

「什麼?!有人跟您推薦這位獸醫?」一位狗主聽我說出某位獸醫的名字時，驚訝的說。

「他是我遇見過最差勁的獸醫！您可不能帶氣質卡去那兒呀！」這位女狗主似乎帶她的狗看過不少獸醫。

接下來，她大概講了半個多鐘頭對不同獸醫的看法。我聽得快要眼冒金星！德國狗主們對獸醫的大評比，還眞的滿殘酷的……

有些狗主則跟我分享不少他們照顧狗狗的心得。其中，讓我覺得最有趣的是，什麼是保護狗狗的腳肉墊保養品？不少狗主給我的答案，竟是：紅圓盒凡士林！哈哈！這不是修女推薦婆婆用來保養皮膚的東西嗎？我現在一直都還在用紅圓盒凡士林保養皮膚哩！沒錯，現在跟氣質卡一起分享同一種保養品的感覺，眞的超好笑呀！在會下雪的冷冷冬天，幫氣質卡的腳肉墊擦上凡士林保濕，這樣她也覺得很舒服喲！

我挺喜歡狗主們互相交換對獸醫師的嚴格評比，這不但讓我大開眼界，也明白德國人有多在乎自己的寵物。

第27課 氣質卡文件夾

LESSON 27

那天到公婆家去。

我看見公公的書桌上，放著一個文件夾。再細看文件夾的檔名：氣質卡。哈哈哈！我一看就笑了出來！眞是「有其父必有其子」呀！因爲老德先生也有一個文件夾，檔名同樣寫著：氣質卡。

「爸爸，」我笑著問公公，「這是氣質卡的文件夾呀？」

「是呀！氣質卡是家裡的一份子，她當然要有一個文件夾。妳看，這是從第一天氣質卡來到我們家時，就開始記錄了。」公公很認眞的說。

「哇！這你也留著？」我叫起來。公公居然把我用手寫的，氣質卡剛到我家時的起居時間表，也留了起來。

「當然要存檔呀！記錄氣質卡的成長變化。」公公說。我覺得公公眞的太可愛。

我也看到公公留下了那張農莊女主人在報上登的、說有一隻小拉拉可領養的小啓示。沒有這個小啓示，我們也不會有一隻那麼可愛的氣質卡吧？照這麼看來，這確實是該記錄的氣質卡可愛事件啦！

老德先生也是如此記錄著氣質卡的生活。從氣質卡出生到現在，從植入晶片到結紮，從飼料食量到一天零食劑量的計算表，從注射預防針到就診紀錄，還有氣質卡的護照，一切相關證明文件，都跟公公一樣，很整齊的被收在一個叫做「氣質卡」的文件夾中。

我家曾養過不少狗，我自己也養了好幾隻。但這麼清楚的用文件夾來整理相關的狗資料，我還是頭一遭看到。

「這很正常吧？狗狗一出生，就有那麼多大小相關事宜，妳現在大概也知道，在德國養一隻狗會有很多事得注意，如果不好好整理檔案，怎麼知道如何管理氣質卡的生活呢？」老德先生說。他反而覺得我不這麼做，有點奇怪。

「我是覺得很好呀！只是這麼細節的紀錄，我可沒做過。」我知道自己有點粗線條啦。

「我剛剛在看氣質卡的文件資料，這幾天她該注射今年的預防針了……」老德先生邊說邊翻開文件夾給我看。哇！老德先生將所有氣質卡的文件都整理的超整齊！我不得不稱讚一下老德先生的細心！

沒想到，第二天，我們的信箱就收到獸醫寄來的卡片，提醒我們今年預防針的注射日期。德國的獸醫院大多也是要事先預約時間，所以老德先生這麼做是對的，可以把時間算好，啥時要預約時間，才不會錯過氣質卡預防針的有效注射期。

我眞的被公公和老德先生的「氣質卡文件夾」給雷到了！如果一隻狗可以被那麼細心的照顧，肯定牠一定會感覺得到吧？難怪氣質卡也感染了老德先生的氣息，有點嚴謹的個性，更對自己喜歡的大樹枝情有獨鍾！「氣質卡文件夾」眞的給了我不少省思！

希望所有人，都如此細心的對待動物和環境，因爲這個良好的態度，絕對是生活在文明社會的大家共同努力得來的成果。

一個美麗的氣質文明社會，不是只拿來羨慕用的，我們一定要共同努力去達成這樣的願景。

The Eeurasian Publishing Group
圓神出版事業機構
用心與你對話・視野無限寬廣
圓神出版社
Eeurasian Press

http://www.booklife.com.tw inquiries@mail.eurasian.com.tw

鄭華娟系列 021

氣質卡小狗學堂

作　　者／鄭華娟
發 行 人／簡志忠
出 版 者／圓神出版社有限公司
地　　址／台北市南京東路四段50號6樓之1
電　　話／（02）2579-6600・2579-8800・2570-3939
傳　　真／（02）2579-0338・2577-3220・2570-3636
郵撥帳號／18598712　圓神出版社有限公司
總 編 輯／陳秋月
資深主編／沈蕙婷
責任編輯／沈蕙婷
美術編輯／金益健
行銷企畫／吳幸芳・陳羽珊
印務統籌／林永潔
監　　印／高榮祥
校　　對／莊淑涵・沈蕙婷
排　　版／莊寶鈴
經 銷 商／叩應股份有限公司
法律顧問／圓神出版事業機構法律顧問　蕭雄淋律師
印　　刷／國碩印前科技公司

2011年2月　初版

定價 290 元　ISBN 978-986-133-357-1

每一本書，都是有靈魂的。
這個靈魂，不但是作者的靈魂，
也是曾經讀過這本書，與它一起生活、一起夢想的人留下來的靈魂。

——《風之影》

國家圖書館出版品預行編目資料

氣質卡小狗學堂 / 鄭華娟著. -- 初版. -- 臺北市
: 圓神, 2011.02
200 面 ; 14.8 × 20.8 公分. -- (鄭華娟系列 ; 21)

ISBN 978-986-133-357-1 (平裝)

855 99025628